A MULHER COM OLHOS DE FOGO

NAWAL EL SAADAWI

A MULHER COM OLHOS DE FOGO

Prefácio de Miriam Cooke

Tradução:
Fábio Alberti

COPYRIGHT © NAWAL EL SAADAWI, 1975, 2007, 2015.

WOMAN AT ZERO POINT WAS FIRST PUBLISHED IN ENGLISH, TRANSLATED FROM THE ARABIC ORIGINAL, IN 1983 BY ZED BOOKS LTD.

COPYRIGHT © FARO EDITORIAL, 2019

Todos os direitos reservados.
Nenhuma parte deste livro pode ser reproduzida sob quaisquer meios existentes sem autorização por escrito do editor.

Diretor editorial **PEDRO ALMEIDA**

Preparação **JÚLIA DANTAS**

Revisão **MARTINHA FERNANDES**

Foto de capa **JUANLU ROJANO**

Capa e projeto gráfico **OSMANE GARCIA FILHO**

Dados Internacionais de Catalogação na Publicação (CIP)
Angélica Ilacqua CRB-8/7057

El Saadawi, Nawal, 1931-
    A mulher com olhos de fogo / Nawal El Saadawi ; prefácio de Miriam Cooke ; tradução de Fábio Alberti. – São Paulo : Faro Editorial, 2019.
160 p.

ISBN 978-85-9581-060-0
Título original: Woman at point zero

1. Literatura árabe 2. Mulheres - Países árabes - Ficção
I. Título II. Cooke, Miriam III. Alberti, Fábio

19-0002   CDD 892.736

Índice para catálogo sistemático:
1. Literatura árabe 892.736

1ª edição brasileira: 2019
Direitos de edição em língua portuguesa, para o Brasil, adquiridos por **FARO EDITORIAL**

Avenida Andrômeda, 885 - Sala 310
Alphaville — Barueri — SP — Brasil
CEP: 06473-000
www.faroeditorial.com.br

PREFÁCIO

FIRDAUS É UMA PERSONAGEM CONHECIDA MUNDO afora. Sem dúvida. De Jacarta a Gidá, de Jerusalém a Joanesburgo, mulheres muçulmanas e não-muçulmanas conhecem essa mulher, essa heroína de *A mulher com olhos de fogo*. Esse romance — ou obra de não-ficção criativa, mais exatamente — coloca o leitor dentro da cela de uma mulher na última noite antes da sua execução.

  Nós entramos nesse recinto de maneira hesitante e ficamos em silêncio, parados perto da porta discretamente. O lugar é escuro, e o ar está carregado de tristeza, desespero e danação. Aos poucos, a escuridão diminui, à medida que nossos olhos se acostumam, e nós assistimos ao desenrolar de um drama entre duas figuras cuja conversação permanecerá gravada para sempre em nossas mentes.

  Uma psiquiatra e uma mulher a um passo da morte estão enfim frente a frente. A psiquiatra queria se encontrar com Firdaus fazia semanas, mas a prisioneira sempre se recusava. Por fim, em sua última noite na Terra, Firdaus decide contar a sua história. Lentamente, a princípio, e então com mais velocidade e urgência, a prisioneira relata uma vida inteira de traição e abusos. Ela é uma órfã que passa pelas mãos de vários guardiões abusivos, um após o outro, e sua história mostra como a confiança é minada e finalmente se deteriora, até que reste no lugar apenas medo e distanciamento. Uma pessoa que foi privada da capacidade de confiar vive à margem da sociedade; ela é só a sombra de um ser humano. Tal pessoa vive por instinto, e suas avaliações e considerações não vão além da necessidade imediata de sobrevivência.

Não importa se essa história é verdadeira ou inventada, ou ambas as coisas (o que na verdade ela é). O que importa é que ela traz à luz uma tragédia universal digna de qualquer tragédia de Sófocles, ainda que sem os heróis épicos. Unidade de tempo, lugar e ação realizam mais uma vez a função de transportar o espectador para um ambiente de sofrimento vinculado essencialmente aos personagens, mas que também é universal. Os leitores são inevitavelmente atraídos para a catástrofe da vida de Firdaus, de tal modo que as esperanças e desapontamentos da prisioneira tornam-se deles. Você não precisa ser uma garotinha perdida para avaliar a enorme importância que o tio de Firdaus tinha na vida dela, e o terrível choque que ela sofreu quando foi abusada por esse tio. Você não precisa ser uma profissional do sexo para compreender as circunstâncias que a lançaram no abismo da prostituição, nem os demônios que a levaram a assassinar seu cafetão.

Os anos que passei abordando esse livro extraordinário nas minhas aulas confirmaram o que senti quando o li pela primeira vez, décadas atrás. Essa é uma história que sensibiliza todas as pessoas, independentemente de sexo, nacionalidade ou situação na vida. Leia os comentários em sites como *Amazon* e verá as reações de surpresa a este livro. Todos eles são mais ou menos assim: "Tive que ler esse livro para uma aula, comecei a lê-lo com indiferença e de repente não podia mais parar." Tenho certeza de que você também reagirá dessa maneira.

Miriam Cooke, 2007

INTRODUÇÃO

EU ESCREVI ESTE LIVRO DEPOIS DE ME ENCONTRAR com uma mulher na prisão de Qanatir. Alguns meses antes eu havia iniciado pesquisas sobre neurose em mulheres egípcias e pude dedicar grande parte do meu tempo a esse trabalho, pois na ocasião estava sem emprego. No fim de 1972 o Ministro da Saúde me afastara das minhas funções como Diretora de Educação em Saúde e Editora-chefe da revista *Health*. Essa foi mais uma consequência do caminho que eu havia escolhido como escritora e romancista feminista cujas ideias não eram bem vistas pelas autoridades.

Entretanto, essa situação me deu mais tempo para pensar, para escrever, para pesquisar e para me dedicar às consultas que eu conduzi com mulheres que me procuravam. O ano de 1973 representou uma nova fase da minha vida; também testemunhou o nascimento do meu livro *Firdaus*, ou *A mulher com olhos de fogo*.

Na verdade, a ideia para a minha pesquisa nasceu em decorrência da ação de mulheres que buscaram meu aconselhamento e minha ajuda para lidarem com situações que as haviam levado a um estado de "perturbação mental" de maior ou menor grau. Eu decidi escolher um número limitado de casos entre mulheres que sofriam de neurose, e isso me levou a fazer visitas regulares a vários hospitais e clínicas.

A ideia de "prisão" sempre exerceu uma atração especial sobre mim. Com frequência eu me perguntava como era a vida na prisão, principalmente para as mulheres. Talvez porque eu tenha vivido em um país onde muitos intelectuais de destaque ao meu redor haviam passado longos períodos de tempo na prisão por "delitos políticos". Meu marido ficou encarcerado durante treze anos como "preso político". Assim, quando certo dia acabei conhecendo um dos médicos da Prisão para Mulheres em Qanatir, eu não resisti à tentação de trocar ideias com ele; sempre que nos encontrávamos, parávamos para conversar. Ele me contou muitas coisas sobre as mulheres prisioneiras que haviam sido detidas por diferentes transgressões. Falou-me, principalmente, sobre aquelas que sofriam de neurose em diferentes graus e que frequentavam a clínica mental do hospital-prisão de Qanatir.

Meu interesse passou a aumentar cada vez mais, e pouco a pouco foi crescendo em mim a ideia de visitar a prisão para ver as mulheres. Todo o meu contato com o interior de uma penitenciária vinha de filmes de cunho político; mas agora eu tinha a oportunidade de visitar uma prisão de verdade. A ideia se tornou ainda mais irresistível quando o meu amigo, o médico da prisão, passou a me falar longamente sobre o caso de uma mulher que havia matado um homem e por isso tinha sido condenada à morte por enforcamento. Eu nunca havia visto uma mulher que tivesse cometido assassinato.

O médico da prisão disse que me levaria para vê-la, e me mostrou outras prisioneiras que sofriam de perturbação mental. Por intermédio dele, consegui obter uma permissão especial para visitar a Prisão de Qanatir como psiquiatra e para examinar as mulheres. O médico ficou tão interessado no que eu planejava colocar em prática que me acompanhou na prisão na medida do possível, e me mostrou as dependências do lugar.

No momento em que atravessei os portões da prisão, eu fui tomada por uma súbita tristeza ao deparar com as edificações medonhas, as janelas com barras de ferro e a crueza de tudo o que havia em volta. Senti um calafrio percorrer o meu corpo. Mal sabia eu que um dia ingressaria pelos mesmos portões não como psiquiatra, mas como prisioneira, detida com outras 1035 pessoas por um decreto promulgado por Sadat em 5 de setembro de 1981. Contudo, nessa manhã em particular, no outono de 1974, nem passava pela minha cabeça a possibilidade de ficar confinada atrás daquelas paredes altas, soturnas e amareladas. Quando caminhei pelo pátio interno, pude ver de relance os rostos das mulheres que espreitavam por trás das barras de ferro como animais, com os dedos brancos ou escuros enroscados no metal negro.

No começo, Firdaus se recusou a me receber em sua cela, mas mais tarde ela concordou e nosso encontro aconteceu. Pouco a pouco ela se permitiu contar a sua história, toda a história da sua vida. Uma história terrível, mas também maravilhosa. Enquanto Firdaus me revelava a sua vida bem diante dos meus olhos, eu aprendia mais e mais sobre ela. Eu nutri sentimentos de afeição e admiração por essa mulher que me parecia tão excepcional no mundo de mulheres ao qual eu estava acostumada. Assim, tempos depois eu comecei a pensar em escrever o livro que viria a ser conhecido como *A mulher com olhos de fogo* ou *Firdaus*.

Antes disso, porém, eu estava ocupada com as muitas mulheres que o meu amigo médico me mostrava nas celas e na clínica psiquiátrica, pois elas iriam constituir uma parte dos vinte estudos de caso detalhados incluídos na minha pesquisa, cujos resultados foram publicados em 1976 sob o título *Women and Neurosis in Egypt* [Mulheres e Neurose no Egito].

Firdaus, entretanto, continuou sendo uma exceção. Ela se destacava das outras, vibrava dentro de mim, ou às vezes se mantinha tranquila, até o dia em que resolvi colocar sua história no papel e lhe dar vida depois que ela morreu. De fato, no final de 1974, Firdaus foi executada e eu nunca mais voltei a vê-la. E, ainda assim, de algum modo, a imagem dela jamais deixou de me acompanhar. Eu podia vê-la diante de mim, divisar as linhas da sua testa, os seus lábios, seus olhos, observá-la enquanto ela se movia com orgulho. No outono de 1981, quando chegou a minha vez de ser jogada atrás das grades, eu ficava observando as outras prisioneiras se deslocarem pelo pátio interno, como se eu estivesse procurando por Firdaus, tentando avistar sua cabeça, que ela sempre mantinha tão erguida, os movimentos calmos das suas mãos, ou a expressão carrancuda em seus olhos castanhos. Eu custava a acreditar que ela tivesse realmente morrido.

Durante os três meses que passei na prisão, conheci várias mulheres acusadas de terem assassinado um homem, e algumas delas me lembravam Firdaus; porém nenhuma delas era como Firdaus. Ela permanecia única. Não apenas por suas feições, seus gestos, sua coragem, ou pelo modo como costumava olhar para mim do fundo dos seus olhos, o que a tornava diferente das outras mulheres, mas por sua absoluta recusa em viver, sua absoluta falta de medo da morte.

A mulher com olhos de fogo é a história de uma mulher que, levada pelo desespero, acaba encontrando o mais negro dos finais. Apesar de sua miséria e desespero, essa mulher despertou em todos aqueles que — assim como eu — testemunharam seus últimos momentos, uma necessidade de desafiar e de superar as forças que privam os seres humanos do seu direito de viver, de amar e de serem livres de verdade.

NAWAL EL SAADAWI
Cairo, setembro de 1983

A MULHER COM OLHOS DE FOGO

ESTA É A HISTÓRIA DE UMA MULHER REAL. EU A conheci na Prisão de Qanatir alguns anos atrás. Eu estava pesquisando as personalidades de um grupo de prisioneiras condenadas ou acusadas de vários crimes.

O médico da prisão me informou que essa mulher havia sido sentenciada à morte por assassinar um homem. Apesar disso, ela não era como as outras assassinas que cumpriam pena ali.

— Dentro ou fora da prisão, você nunca vai conhecer uma pessoa como ela. Ela se recusa a receber visitas e não fala com ninguém. Geralmente nem toca na comida, e fica bem acordada até amanhecer. Às vezes a guarda da prisão diz que ela passa horas parada na mesma posição, olhando fixamente para o nada. Uma vez ela pediu caneta e papel, e depois ficou horas debruçada sobre o material sem se mexer. A guarda nem conseguiu perceber se ela estava escrevendo uma carta ou alguma outra coisa. Talvez não estivesse escrevendo absolutamente nada.

— Acha que ela aceitaria me receber? — perguntei ao médico da prisão.

— Posso tentar convencê-la a falar com você por algum tempo — ele respondeu. — Talvez ela concorde quando souber que você é uma psiquiatra e não um dos assistentes do promotor público. Ela se recusa a responder minhas perguntas. Até se recusou a assinar um pedido de clemência ao Presidente para que sua sentença fosse comutada para uma pena de prisão perpétua.

— Quem preparou o pedido de clemência para ela? — perguntei.

— Eu mesmo — ele respondeu. — Falando bem francamente, eu não acredito que ela seja de fato uma assassina. Se olhar para o rosto dela, bem nos olhos, jamais vai acreditar que uma mulher tão gentil possa ter cometido um homicídio.

— Quem disse que o fato de uma pessoa ser gentil a impede de cometer assassinato?

Por um breve momento ele olhou para mim com expressão de surpresa, e então riu nervosamente.

— Você já matou alguém?

— Eu sou uma mulher gentil? — retruquei.

O médico virou a cabeça para um lado e apontou para uma janela minúscula.

— Aquela é a cela da prisioneira — ele disse. — Vou até lá para convencê-la a vir conversar com você.

Depois de algum tempo, o médico voltou sozinho. Firdaus havia se negado a me ver.

Eu deveria examinar algumas outras prisioneiras naquele dia, mas em vez disso eu voltei para o meu carro e fui embora.

Quando cheguei em casa não consegui fazer mais nada. Precisava revisar as provas do meu último livro, mas era incapaz de me concentrar. Não conseguia pensar em nada a não ser na mulher chamada Firdaus, que em dez dias seria levada para o cadafalso.

No dia seguinte, pela manhã bem cedo, eu já me encontrava novamente diante dos muros da prisão. Pedi à guarda que me levasse para ver Firdaus.

— É inútil, doutora. Ela nunca concordará com isso. Esse encontro entre vocês não vai acontecer.

— Por quê?

— Eles vão enforcá-la daqui a poucos dias. Que utilidade você poderia ter para ela? Você ou qualquer outra pessoa? Deixe-a em paz!

Havia um traço de raiva na voz da carcereira. Ela me lançou um olhar cheio de rancor, como se fosse eu a pessoa que levaria Firdaus para a forca dentro de alguns dias.

— Eu não tenho nenhuma ligação com as autoridades, nem daqui nem de nenhum outro lugar — eu disse.

— Isso é o que todos dizem — a mulher respondeu com indignação.

— Por que você está tão nervosa? — perguntei. — Acha que Firdaus é inocente, que ela não matou o homem?

A resposta dela veio com indignação redobrada.

— Assassina ou não, ela é uma mulher inocente e não merece ser enforcada. Eles sim é que deveriam ser enforcados.

— Eles? Quem são eles?

Ela me fitou com desconfiança.

— Pois eu lhe faço a mesma pergunta — ela devolveu. — Quem é você? Eles a enviaram para vê-la?

— O que é que você quer dizer com "eles"? — voltei a indagar.

A mulher olhou de um lado a outro com cautela, quase com medo, e se distanciou de mim dando um passo para trás.

— Eles... Está querendo dizer que não sabe quem são eles?
— Não, eu não sei — respondi.

Ela deu uma risada sarcástica e foi embora. Eu ainda a escutei resmungando para si mesma:

— Não é possível! Então ela é a única que não sabe quem eles são?

EU RETORNEI À PRISÃO VÁRIAS VEZES, MAS TODAS AS MInhas tentativas de ver Firdaus resultavam em nada. De alguma maneira eu sentia que a minha pesquisa corria o risco de fracassar. Na verdade, toda a minha vida parecia ameaçada pela sombra do fracasso. Minha autoconfiança começava a ficar seriamente abalada, e eu estava atravessando momentos difíceis. Eu tinha a impressão de que essa mulher que havia matado um ser humano, e estava ela mesma prestes a ser morta, era uma pessoa muito melhor do que eu. Em comparação a ela eu sentia que não passava de um pequeno inseto rastejando sobre a terra, cercada de milhões de outros insetos.

A sensação de que eu era inútil e de que não tinha a menor importância crescia em mim sempre que eu me lembrava da expressão no olhar da carcereira, ou do médico da prisão, enquanto eles falavam da completa indiferença de Firdaus a tudo, da sua atitude de total rejeição, e principalmente da sua recusa em me ver. Uma pergunta continuava martelando mais e mais na minha mente: Que tipo de mulher era essa? O fato de ela ter me rejeitado indicava que era uma pessoa melhor do que eu? Mas ela também tinha se negado a enviar um apelo ao Presidente pedindo-lhe que a poupasse da pena de morte na forca. Isso poderia significar que Firdaus era melhor do que o Chefe de Estado?

Era algo difícil de explicar, mas eu estava dominada por um sentimento muito próximo da certeza de que Firdaus era realmente melhor do que todos os homens e mulheres que nós costumamos ver, conhecer ou de quem ouvimos falar.

Eu tentei vencer a minha dificuldade para dormir, mas outro pensamento começou a ocupar a minha mente e me manteve acordada: será que ela sabia quem eu era quando se recusou a me receber? Ou ela me rejeitou sem saber a meu respeito?

Na manhã seguinte, lá estava eu mais uma vez de volta à prisão. Eu não tinha a intenção de conseguir uma entrevista com Firdaus; já havia perdido toda a esperança e desistido disso. Eu queria encontrar a carcereira, ou o médico da prisão. O médico ainda não tinha chegado, mas encontrei a carcereira.

— Firdaus chegou a dizer a você que me conhecia? — perguntei.

— Não, ela não me disse nada — a mulher respondeu.

— Mas ela conhece você.

— Como sabe que ela me conhece?

— Eu percebi.

Eu fiquei parada ali, imóvel, como se tivesse me transformado em pedra. A carcereira me deixou e foi cuidar do seu trabalho. Tentei me mover, caminhar até o meu carro e ir embora, mas foi em vão. Era um sentimento estranho, como se um peso esmagasse o meu coração, meu corpo, roubando a força das minhas pernas. Um sentimento mais esmagador que o peso da própria Terra, como se em vez de estar acima da sua superfície eu me localizasse agora em algum lugar debaixo dela. O céu também havia sofrido uma mudança; sua cor tinha se tornado preta, assim como a da Terra, e ele também pesava sobre mim, sobrecarregando-me ainda mais.

Era um sentimento que eu já havia experimentado uma vez antes, muitos anos antes. Foi quando eu me apaixonei por um homem que não me amava. Senti-me rejeitada, não apenas por ele, não apenas por essa pessoa entre as milhões que povoavam o vasto mundo, mas sim pelo vasto mundo propriamente dito, por cada ser humano e cada coisa na Terra.

Endireitei os ombros e me recompus da melhor maneira que pude, e então respirei fundo. O peso na minha cabeça diminuiu um pouco. Comecei a olhar em volta e a me sentir pasma por estar dentro de uma prisão tão cedo pela manhã. A carcereira estava de joelhos, esfregando o piso de azulejos do corredor. Eu fui tomada por um desprezo incomum por essa mulher. Ela era apenas uma mulher limpando o chão da penitenciária. Possuía pouquíssimo estudo e não sabia nada sobre psicologia — então como eu pude ter acreditado tão facilmente que os instintos dela quanto a Firdaus estavam corretos?

Na verdade Firdaus não chegou a dizer que me conhecia. A carcereira simplesmente sentiu ou deduziu isso. Por que isso devia indicar que Firdaus me conhecia de fato? Se ela havia me rejeitado sem saber quem eu era, não havia razão para que eu me magoasse. Ela se recusava a me ver não porque tivesse algo contra mim pessoalmente, mas sim contra o mundo e contra todos os que nele viviam.

Comecei a andar na direção do meu carro com a intenção de ir embora. Sentimentos tão subjetivos como os que estavam se apoderando de mim não eram adequados para uma pesquisadora em ciência. Eu quase ri de mim mesma quando abri a porta do carro. Tocar o veículo me ajudou a recuperar a minha identidade, a minha autoestima como médica. Fossem quais fossem as circunstâncias, certamente era preferível ser uma médica do que ser uma mulher condenada à pena de morte por assassinato. Meu estado de espírito normal (um estado de espírito que raramente me abandonava) aos poucos reapareceu. Girei a chave na ignição e pressionei o pé no acelerador, determinada a erradicar a súbita sensação (que às vezes me assombra em momentos de fracasso) de que eu não passava de um mero inseto, um inseto insignificante, rastejando pela Terra entre miríades de outros insetos iguais a mim.

Escutei uma voz atrás de mim, alta a ponto de se sobrepor ao barulho do motor.

— Doutora! Doutora!

Era a carcereira. Ela correu até mim, resfolegando muito. Sua voz ofegante me lembrava as vozes que eu costumava ouvir nos meus sonhos. Sua boca parecia maior, assim como os seus lábios, que se abriam e se fechavam num movimento mecânico, como uma porta de vaivém.

E então eu escutei o que ela dizia:

— É Firdaus, doutora! Firdaus quer ver você!

Seu peito subia e descia num ritmo acelerado, ela ofegava, respirando numa série de sopros rápidos, e uma emoção intensa se refletia nos seus olhos e na sua face. Acho que ela não teria sido tomada por uma emoção tão esmagadora nem se o Presidente da República em pessoa tivesse pedido para me ver.

Minha respiração também começou a se acelerar, como por contágio; ou, para ser mais exata, eu me senti sem fôlego, pois o meu coração estava batendo mais forte do que jamais havia batido na minha vida. Não sei como consegui sair do carro, nem como segui atrás da carcereira; eu a segui tão de perto que às vezes a alcançava e até mesmo a ultrapassava. Eu caminhava num ritmo fácil e rápido, como se as minhas pernas não estivessem mais carregando um corpo. Estava tomada por um maravilhoso sentimento de orgulho, de euforia, de felicidade. O céu estava azul, e eu podia abarcar aquela imensidão azul com os olhos. Eu tinha o mundo inteiro nas mãos; ele era meu. Era algo que eu só havia sentido uma vez na vida, muito tempo atrás — quando eu estava prestes a encontrar pela primeira vez o homem que eu amava, o meu primeiro amor.

Parei por um instante diante da cela de Firdaus para recuperar o fôlego e arrumar a gola do meu vestido. Mas eu estava tentando recuperar a compostura, retornar ao meu estado normal, retomar a consciência de que eu era uma pesquisadora, uma psiquiatra ou algo do gênero. Ouvi a chave se encaixar na fechadura e girar, num guincho brutal de arrepiar. O som me fez cair em mim novamente. Apertei com mais força a minha bolsa de couro, e uma voz dentro de mim disse: "Quem é essa mulher que se chama Firdaus? Ela é apenas..."

Mas as palavras se interromperam bruscamente nos meus ouvidos. De súbito nós duas estávamos face a face. Fiquei imóvel, como que pregada ao chão, petrificada e em silêncio. Não ouvi as batidas do meu coração nem a chave girando na fechadura e trancando a porta logo atrás. Foi como se eu tivesse morrido no instante em que os olhos dela fitaram os meus. Eram olhos que matavam, como uma faca, penetrando e cortando fundo na carne; eles pareciam firmes, inabaláveis. Não vi em suas pálpebras o mais leve movimento, nem mesmo uma ondulação. Nenhum músculo da sua face esboçou o menor sinal de reação.

De repente, uma voz me trouxe novamente à vida. Era a voz dela, segura, profundamente penetrante e fria como a lâmina de uma faca. Não havia a mais leve hesitação em sua fala. Nem um ligeiro tremor ou inflexão em seu tom de voz.

— Feche a janela — ela me disse.

No mesmo instante eu fui até a janela e a fechei, e então corri os olhos pelo interior da cela, perplexa. Não havia nada ali dentro. Nem uma cama, nem uma cadeira, nem lugar nenhum onde eu pudesse me sentar. E eu a ouvi dizer:

— Sente-se no chão.

Então eu me agachei e me sentei no chão. Era janeiro, o chão estava descoberto, mas não senti frio. Como se caminhasse dentro de um sonho. O chão debaixo de mim estava gelado. O mesmo toque, a mesma consistência de uma superfície congelada. Ainda assim o frio não me atingia, não me alcançava. Era como estar no mar gélido dentro de um sonho. Eu nadava nas águas frias desse mar. Estava nua e não sabia nadar. Apesar disso eu não sentia frio nem me afogava. A voz dela também soava como as vozes que ouvimos em sonhos. Estava próxima de mim, mas parecia vir de longe, parecia soar de um ponto distante, das imediações. Porque nós não sabemos de onde surgem essas vozes de sonho: de baixo ou de cima, da esquerda ou da direita. Nós podemos até pensar que elas emergem das profundezas da Terra, ou que vêm do alto dos telhados, ou que caem do céu. Ou elas podem até mesmo brotar de todas as direções, como o ar que se move livre pelo espaço e chega aos nossos ouvidos.

Mas não se tratava de sonho; eu não estava sonhando. Não era simplesmente ar passando pelos meus ouvidos. A mulher sentada no chão à minha frente era uma pessoa real, e o som da voz que enchia os meus ouvidos, ecoando pela cela onde a janela e a porta estavam hermeticamente fechadas, só podia emanar dela — só podia ser a voz de Firdaus.

DEIXE-ME FALAR. NÃO ME INTERROMPA. EU NÃO tenho tempo para escutá-la. Eles virão me buscar às seis horas da tarde de hoje. Amanhã de manhã eu certamente já não estarei mais aqui. Nem aqui nem em nenhum outro lugar deste mundo. Essa viagem rumo ao desconhecido, a um lugar onde ninguém neste mundo jamais esteve, me enche de orgulho. Durante toda a minha vida eu busquei algo que me enchesse de orgulho, que me fizesse sentir superior a toda e qualquer pessoa, superior até mesmo a reis, príncipes, chefes de estado. Sempre que eu abria um jornal e me deparava com a fotografia de um desses homens de grande importância eu cuspia nela. Eu sabia que estava apenas cuspindo num pedaço de jornal que poderia usar para forrar as prateleiras da cozinha. Mesmo assim eu cuspia neles, e depois deixava o cuspe secar no lugar.

    Alguém que me visse cuspir numa fotografia podia pensar que eu conhecia pessoalmente aqueles homens. Mas eu não conhecia. Eu era apenas uma mulher. E não existe mulher no mundo que possa conhecer todos os homens que têm suas fotografias publicadas nos jornais. Afinal de contas, eu era só uma prostituta requisitada. E por mais requisitada que seja, por mais sucesso que faça, uma prostituta não pode chegar a conhecer todos os homens. Contudo, cada um dos homens que eu conheci despertou em mim somente um grande desejo: levantar a minha mão e bater com força na cara dele. Mas jamais tive coragem para erguer a mão e fazer isso, porque sou uma mulher. E por ser prostituta, eu escondi o meu medo sob camadas de maquiagem. Como eu fazia sucesso, a minha maquiagem era sempre a melhor e a mais cara, do mesmo tipo que as mulheres respeitáveis das classes mais abastadas usavam. O meu cabelo era sempre cuidado pelos cabeleireiros que atendiam exclusivamente as mulheres da alta sociedade. A cor de batom que eu escolhia era sempre "natural e séria" para que não escondesse nem acentuasse a sensualidade dos meus lábios. As linhas impecáveis feitas com lápis no contorno dos meus olhos sugeriam a exata combinação de atração e recusa preferida pelas esposas de homens das mais altas posições de autoridade. Só a minha maquiagem, o meu cabelo e os meus sapatos caros eram "de classe alta". Com o meu certificado de ensino médio e meus desejos reprimidos eu pertencia à "classe média". Por nascimento eu era da classe baixa.

MEU PAI, UM LAVRADOR POBRE, QUE NÃO SABIA LER NEM escrever, conhecia poucas coisas na vida. Sabia cultivar alimentos, sabia como vender um búfalo envenenado por seu inimigo antes que o animal morresse, como trocar sua filha virgem por um dote enquanto ainda havia tempo, como ser mais rápido que seu vizinho ao roubar dos campos a plantação quando chegasse a hora da colheita. Como se ajoelhar diante do chefe e fingir beijar a sua mão, como bater na sua esposa e todas as noites fazê-la comer o pão que o diabo amassou.

Todas as sextas-feiras pela manhã ele vestia a sua melhor túnica e ia para a mesquita a fim de participar da oração semanal. No final da oração, eu o via caminhar ao lado dos outros homens como ele enquanto comentavam o sermão da sexta-feira, mencionando o quanto o *Imã* havia sido convincente e eloquente, a ponto de superar até mesmo as mais inalcançáveis expectativas. Pois, afinal de contas, não era verdade que roubar era pecado? E matar era pecado, e difamar a honra de uma mulher era pecado, e a injustiça era pecado, e espancar outro ser humano era pecado, e assim por diante? Além do mais, quem poderia negar que ser obediente era um dever, e amar seu país também? O amor ao governante soberano e o amor a Alá eram uma coisa só, indivisível. Alá proteja o nosso soberano por muitos e muitos anos, e que ele possa continuar sendo uma fonte de inspiração e de poder para o nosso país, para a Nação Árabe e para toda a humanidade.

Eu podia vê-los andando pelas vielas estreitas e sinuosas, balançando suas cabeças em sinal de admiração e para mostrar aprovação a tudo o que Sua Santidade, o *Imã*, lhes havia dito. Eu os observava enquanto eles continuavam a balançar as cabeças, esfregando as mãos umas nas outras, enxugando as testas e invocando sem parar o nome de Alá, suplicando por Suas bênçãos, repetindo Sua Palavra Sagrada em tom gutural, submisso, murmurando e sussurrando sem um instante de trégua.

Eu carregava na cabeça uma pesada jarra de cerâmica cheia de água. O meu pescoço às vezes cedia sob o peso dessa jarra, e pendia para trás, ou para a direita ou para a esquerda. Precisava reunir todas as minhas forças para manter a jarra equilibrada sobre a cabeça e evitar que caísse. Eu movimentava as pernas da maneira que a minha mãe tinha me ensinado, a fim de que o meu pescoço permanecesse ereto. Ainda era jovem na época, e os meus seios ainda não haviam adquirido um formato arredondado. Eu não sabia nada sobre homens. Mas podia ouvi-los enquanto invocavam o nome de Alá e imploravam por Suas bênçãos, ou enquanto repetiam sem cessar Suas santas palavras num tom de voz trêmulo e submisso. Eu os observava, e os via sacudir as cabeças, ou esfregar as mãos umas nas outras, ou tossir, ou fazer um barulho desagradável ao pigarrear, ou coçar constantemente as axilas e a região entre as coxas. Notei que eles observavam o que acontecia ao seu redor com olhos desconfiados, inseguros, furtivos, olhos de quem está pronto para um ataque, cheios de uma agressividade que parecia estranhamente servil.

Algumas vezes eu não conseguia identificar qual deles era o meu pai. Ele se parecia tanto com os demais que era difícil distinguir. Então, certo dia eu perguntei à minha mãe sobre ele. Como era possível que ela tivesse me gerado sem um pai? Primeiro ela me bateu. Depois apareceu com uma mulher que levava consigo uma faca pequena, ou talvez fosse uma navalha. Elas cortaram um pedaço de carne do meio das minhas pernas.

Eu chorei a noite inteira. Na manhã seguinte minha mãe não me mandou para os campos. Ela costumava me enviar até os campos carregando uma carga de esterco na cabeça. Eu preferia ir para os campos do que ficar na nossa cabana. Lá eu podia brincar com as cabras, escalar o moinho d'água e nadar com os garotos no riacho. Um garotinho chamado Mohammadain costumava me beliscar dentro da água e me seguir até dentro da pequena cabana feita de espiga de milho. Ele me fazia entrar sob um amontoado de palha e levantava a minha túnica. Nós brincávamos de "noiva e noivo". De algum lugar do meu corpo, não sabia exatamente de onde, vinha uma sensação nítida de prazer. Depois eu fechava os olhos e buscava sentir com minha mão o ponto exato. No momento em que acertava, me dava conta de já ter experimentado a mesma sensação antes. Depois voltávamos a brincar até o sol se pôr; então vinha até nós a voz do pai de Mohammadain, chamando-o do campo vizinho. Eu tentava segurá-lo, mas não podia evitar que ele saísse correndo. Ele prometia voltar no dia seguinte.

Mas a minha mãe não me enviou mais aos campos. Antes que o sol começasse a aparecer no céu, ela cutucava meu ombro com o punho para que eu acordasse, pegasse a jarra de cerâmica e saísse para enchê-la com água. Quando voltava, eu limpava os animais, e depois fazia fileiras de bolos de esterco e os deixava secando sob o sol. No dia de assar pão eu misturava a farinha e fazia pão.

Para misturar a farinha eu me agachava no chão com uma gamela entre as pernas. A intervalos regulares eu erguia a massa flexível no ar e a deixava cair de volta na gamela. O calor do forno atingia o meu rosto em cheio, chamuscando fios dos meus cabelos. A minha túnica ficava escorregando para cima nas minhas pernas, mas eu não prestei atenção a isso até o momento em que percebi a mão do meu tio movendo-se lentamente por trás do livro que ele estava lendo até tocar a minha perna. No momento seguinte eu podia sentir a mão dele subindo pela minha perna num movimento cauteloso, dissimulado, vacilante.

Sempre que soavam sons de passos na entrada da nossa casa, meu tio recolhia a mão rapidamente. Mas assim que o silêncio voltava a reinar a nossa volta, rompido apenas de vez em quando pelo estalo de galhos secos entre os meus dedos, enquanto eu alimentava o fogo no forno, e pelo som da respiração ritmada do meu tio, que chegava até mim de detrás do livro sem que eu soubesse com certeza se ele estava roncando tranquilamente em seu sono ou se estava bem acordado e ofegante, não demorava para que a mão dele voltasse a pressionar a minha perna com avidez, com uma insistência quase brutal.

Ele estava fazendo comigo o que Mohammadain havia feito antes. Na verdade estava fazendo ainda mais, mas eu agora já não sentia aquela intensa sensação de prazer que irradiava de uma parte desconhecida e ainda assim familiar do meu corpo. Fechei os olhos e tentei encontrar o prazer que eu havia experimentado antes, mas em vão. Foi como se eu não conseguisse mais identificar o ponto exato de onde o prazer costumava emergir, ou como se uma parte de mim, do meu ser, tivesse partido para nunca mais voltar.

MEU TIO NÃO ERA JOVEM. ELE ERA MUITO MAIS VELHO DO que eu. Ele costumava viajar sozinho para o Cairo, frequentar aulas em Alazar e estudar na época em que eu ainda era uma criança e não havia aprendido a ler nem a escrever. Meu tio colocava um pedaço de giz entre os meus dedos e me fazia escrever o alfabeto árabe numa lousa: Alif, Ba, Gim, Dal... Algumas vezes ele me fazia repetir as seguintes palavras: "Alif não tem ponto, Ba tem um ponto embaixo, Gim tem um ponto no meio, Dal não tem ponto nenhum." Ele balançava a cabeça enquanto recitava o poema de mil linhas de Ibn Malik, como se estivesse recitando o Corão, e eu repetia cada palavra que ele dizia, e também balançava a cabeça da mesma maneira.

Quando os feriados terminavam, meu tio subia no lombo do burro e partia para a estação de trem Delta. Eu o seguia de perto carregando a sua grande bagagem, repleta de ovos, queijo e bolo de pão, e contendo também seus livros e roupas. Durante todo o caminho até a estação, meu tio me falava sem parar sobre o lugar em que morava no fim da rua Mohammad Ali, perto da Cidadela do Cairo, e sobre Alazar, sobre a Praça de Ataba, os bondes elétricos, as pessoas que viviam no Cairo. Às vezes ele cantava com voz melodiosa, seu corpo oscilando no ritmo do movimento do burro.

Eu não te abandonei em alto-mar
Mesmo assim tu me abandonaste na terra seca.
Eu não te troquei por ouro brilhante
Mesmo assim tu me vendeste em troca de palha sem valor.
Ó, minha noite sem fim
Ah, olhos meus.

Quando meu tio subia no trem e se despedia de mim, eu chorava e implorava que me levasse junto com ele para o Cairo. E o meu tio perguntava:

— Mas o que você iria fazer no Cairo, Firdaus?

— Eu iria para Alazar, para estudar, como você — eu respondia.

Então ele ria e explicava que Alazar era apenas para homens. E eu chorava, e segurava a mão dele, enquanto o trem começava a se mover. Mas ele puxava a mão com força, e eu acabava me estatelando no chão.

Depois eu regressava pelo mesmo caminho, de cabeça baixa, observando o formato dos dedos do meu pé. E enquanto andava pela estrada rural, eu me perguntava sobre a minha vida, com a mente repleta de dúvidas. Quem era eu? Quem era o meu pai? Será que eu iria passar a vida recolhendo esterco dos animais, carregando o esterco na cabeça, misturando farinha e fazendo pão?

Quando chegava à casa do meu pai eu olhava fixamente para as paredes de barro, como se fosse uma estranha que nunca tivesse entrado ali antes. Olhava ao meu redor quase surpresa, como se não tivesse nascido ali, mas sim caído subitamente do céu, ou emergido de algum lugar nas profundezas da terra, e me encontrasse num lugar ao qual eu não pertencia, numa casa que não era a minha, nascida de um pai que não era o meu pai, e de uma mãe que não era a minha mãe. Será que a conversa do meu tio sobre o Cairo e sobre as pessoas que viviam lá havia me mudado? Será que eu era realmente filha da minha mãe, ou a minha mãe verdadeira era outra pessoa? Ou será que a minha mãe havia se transformado em outra mulher que lembrava tanto a original que eu não podia enxergar a diferença?

Tentei me lembrar de quando vi minha mãe pela primeira vez. Dois olhos me vêm à mente. Consigo me lembrar especialmente dos olhos dela. Não sou capaz de descrever a cor deles, nem a sua forma. Eram olhos que eu observava. E eram olhos que me observavam. Mesmo que eu desaparecesse do campo de visão da minha mãe, os olhos dela podiam me ver, e me seguir para onde quer que eu fosse; assim, se eu cambaleasse enquanto aprendia a andar, os olhos dela me amparariam.

Sempre que tentava andar eu caía. Todas as vezes. Uma força parecia me empurrar por trás, de maneira que eu tombasse para a frente, ou um peso parecia me pressionar pela frente, fazendo-me tombar para trás. Era um pouco como se a pressão do ar quisesse me derrubar; como se a força da gravidade tentasse me sugar para as profundezas da Terra. E no centro disso tudo lá estava eu, lutando, esticando os braços e as pernas na tentativa de me levantar. Mas eu continuava caindo, duramente golpeada pelas forças contraditórias que me lançavam em diferentes direções, como um objeto atirado na imensidão do mar aberto, sem praia e sem fundo, fustigado pelas águas quando começa a afundar e pelo vento quando começa a flutuar. Para sempre afundando e subindo à tona, afundando e subindo à tona entre o mar e o céu, sem nada para servir de amparo, exceto os dois olhos. Dois olhos aos quais eu me agarrava com todas as minhas forças. Dois olhos que pareciam me sustentar sozinhos. Até hoje, eu não sei dizer se eles eram grandes ou pequenos, nem consigo me recordar se havia ou não cílios em volta deles. Tudo o que me vem à lembrança são dois anéis de intenso branco em volta de dois círculos de intenso negro. Eu só precisava olhar bem dentro deles para que o branco se tornasse mais branco e o negro ainda mais negro, como se a luz do sol estivesse se derramando sobre eles, vinda de alguma fonte mágica que não se localizava nem na terra nem no céu, pois a terra era escura como breu, e o céu escuro como a noite, sem sol e sem lua.

 Eu percebia que ela era a minha mãe, mas não sabia como exatamente. Então eu engatinhava até ela em busca do calor do seu corpo. Nossa cabana era fria, e mesmo assim no inverno o meu pai costumava mudar o meu colchão de palha e o meu travesseiro para a pequena sala voltada para o norte e ocupava o meu lugar próximo do forno. E em vez de ficar ao meu lado para me manter quente, minha mãe costumava me largar sozinha e ficar perto do meu pai a fim de mantê-lo quente. No verão, eu a via sentada aos pés dele com uma caneca de metal na mão, lavando as pernas dele com água fria.

 Quando fiquei um pouco mais velha, meu pai pôs a caneca na minha mão e me ensinou a lavar suas pernas com água. Eu agora havia substituído a minha mãe e fazia as coisas que ela costumava fazer. Minha mãe já não estava conosco, mas no lugar dela havia outra mulher, que batia na minha mão e tomava a caneca de mim. Meu pai me dizia que ela era a minha mãe. Na verdade ela era idêntica à minha mãe; os mesmos trajes longos, o mesmo rosto, a mesma maneira de se mover. Mas quando a olhava bem nos olhos, eu podia sentir que ela não era a minha mãe. A mulher não tinha os mesmos olhos que me amparavam sempre que eu estava a ponto de cair. Não eram os dois anéis de um branco puro envolvendo dois círculos de um negro intenso, onde o branco se tornava ainda mais branco e o negro ainda mais negro sempre que eu os fitava, como se a luz do sol ou da lua estivessem passando através deles.

Luz nenhuma parecia nem mesmo tocar os olhos dessa mulher, nem mesmo quando o dia estava radiante e o sol brilhando ao máximo. Certo dia eu segurei a cabeça dela entre minhas mãos e a virei para que o sol incidisse diretamente sobre o seu rosto; mas os olhos dela permaneceram sem vida, impermeáveis à luz do sol, como duas lâmpadas apagadas. Fiquei acordada a noite inteira, choramingando sozinha, tentando abafar meus soluços para que não perturbassem meus irmãozinhos e irmãzinhas que dormiam no chão ao meu lado. Porque eu tinha muitos irmãos e irmãs, como a maioria das pessoas. Eles eram como pintinhos que se multiplicam na primavera, tiritam de frio no inverno e perdem suas penas, e então, no verão, adoecem de diarreia, definham rapidamente e, um a um, enfiam-se num canto e morrem.

Quando uma de suas crianças do sexo feminino morria, meu pai comia o jantar, minha mãe lavava as pernas dele e depois ele ia dormir, como sempre fazia todas as noites. Quando a criança que morria era um menino, ele batia na minha mãe, e depois comia seu jantar e se deitava para dormir.

Meu pai nunca ia para a cama sem jantar, não importava o que acontecesse. Às vezes não havia comida em casa; nessas ocasiões nós todos íamos para a cama de estômago vazio. Mas para ele sempre havia uma refeição. Minha mãe escondia a comida para ele debaixo de um dos buracos do forno. Ele se sentava para comer sozinho enquanto nós o observávamos. Certa noite eu me atrevi a esticar o braço e pôr a mão no prato dele, mas ele acertou uma pancada dolorosa nos meus dedos.

A minha fome era tanta que eu não conseguia nem chorar. Eu me sentei na frente do meu pai enquanto ele comia e fiquei observando-o, seguindo sua mão com os meus olhos: num momento os seus dedos mergulhavam dentro da tigela, então se erguiam no ar e em seguida levavam a comida até a sua boca. A boca dele parecia a de um camelo, tinha uma grande abertura e mandíbulas largas. Sua mandíbula superior continuava se fechando contra a mandíbula inferior com um rangido barulhento, e ele mastigava cada bocado tão exaustivamente que nós podíamos ouvir seus dentes batendo uns nos outros. Sua língua ficava rolando de um lado para o outro em sua boca, sem parar, como se fosse parte do processo de mastigação, escapando para fora de vez em quando a fim de lamber alguma partícula de comida que estivesse presa nos lábios ou em torno da boca.

Quando ele terminava de comer, minha mãe lhe entregava um copo de água. Ele bebia, e então arrotava ruidosamente, expelindo o ar da boca ou do estômago com um barulho prolongado. Depois disso, ele fumava seu cachimbo, enchendo o ambiente em volta dele com grossas nuvens de fumaça, tossindo, pigarreando e inalando profundamente pelo nariz e pela boca. Quando acabava de fumar o cachimbo, ele se deitava, e instantes mais tarde seus roncos altos ressoavam por toda a cabana.

Eu tinha o pressentimento de que ele não era meu pai. Ninguém me dissera, e eu não tinha nenhuma certeza sobre o fato. Eu apenas sentia isso muito vividamente. Eu guardava esse segredo comigo; não contava a ninguém. Sempre que o meu tio voltava para os feriados de verão, eu me agarrava à túnica dele quando chegava o momento da sua partida e lhe pedia que me levasse junto com ele. Meu tio era mais próximo de mim do que o meu pai. Ele não era tão velho, e permitia que eu me sentasse ao lado dele e olhasse seus livros. Ele me ensinou o alfabeto, e me colocou na escola primária depois que o meu pai morreu. Mais tarde, quando a minha mãe morreu, meu tio me levou para o Cairo.

ÀS VEZES EU ME PERGUNTO SE UMA PESSOA PODE NASCER duas vezes. Quando eu entrei na casa do meu tio, pus a mão num interruptor e o recinto ficou inundado de luz. Fechei os olhos em reação à forte claridade, e gritei. Quando voltei a abrir os olhos, tive a sensação de olhar através deles pela primeira vez, como se eu tivesse acabado de chegar ao mundo, ou como se tivesse nascido uma segunda vez, porque eu sabia que tinha, na verdade, nascido alguns anos antes. Deparei com a minha imagem refletida no espelho. Isso também nunca havia acontecido comigo antes. No começo eu não sabia que se tratava de um espelho. Fiquei assustada quando me apanhei olhando para uma garotinha que usava um vestido que mal alcançava os joelhos, e um par de sapatos que escondia seus pés. Olhei ao redor do recinto. Não havia mais ninguém no lugar além de mim. Eu não conseguia entender de onde aquela garota tinha aparecido, nem me dei conta de que ela só poderia ser eu. Porque eu sempre estava vestida com uma túnica longa que se arrastava pelo chão, e não importava aonde fosse eu sempre estava descalça. No entanto eu reconheci o meu rosto imediatamente. Ainda assim, como eu podia ter tanta certeza de que era mesmo o meu rosto, já que nunca havia visto antes o meu próprio reflexo num espelho? O quarto estava vazio, e o espelho do armário estava bem na minha frente. A garota de pé diante de mim só poderia ser eu mesma. O meu tio havia comprado o vestido e os sapatos para que eu os usasse na escola.

Fiquei diante do espelho, olhando para o meu rosto. Quem sou eu? Firdaus — é assim que me chamam. Herdei do meu pai o grande nariz redondo, e da minha mãe a boca de lábios finos.

Eu me senti sucumbindo, caindo como se o chão estivesse se abrindo aos meus pés. Não gostei da aparência do meu nariz, nem do formato da minha boca. Eu pensava que meu pai tivesse morrido, mas ali estava ele, vivo ainda nesse nariz redondo, grande e feio. Minha mãe também estava morta, mas permanecia viva na forma dessa boca de lábios finos. E eu estava ali, inalterada, a mesma Firdaus, só que agora dentro de um vestido e com sapatos nos pés.

Eu odiei o espelho com todas as minhas forças. A partir desse momento eu nunca mais voltei a me olhar nele. Até mesmo quando eu me posicionava diante dele eu não prestava atenção no meu reflexo; somente penteava o meu cabelo, ou limpava o rosto, ou ajeitava o colarinho do meu vestido. Depois eu pegava a minha mochila e saía correndo para a escola.

EU ADORAVA A ESCOLA. ESTAVA CHEIA DE MENINOS E DE meninas. Nós brincávamos no pátio, ofegantes de tanto correr de um lado para outro, cortávamos sementes de girassol com os dentes em rápida sucessão, mascávamos chiclete estalando os lábios ruidosamente, comprávamos melaço e alfarroba seca, bebíamos suco de alcaçuz e de tamarindo e caldo de cana. Em outras palavras, tudo o que nós fazíamos era extremamente delicioso.

Quando voltava para casa eu a varria e a limpava, lavava as roupas do meu tio, fazia a sua cama e limpava seus livros. Ele havia comprado para mim um pesado ferro de passar que eu esquentava no fogão a querosene e usava para passar seu cafetã e seu turbante.

Pouco antes do pôr do sol ele retornava de Alazar. Eu servia o jantar, e nós comíamos juntos. Quando terminávamos a refeição, eu me deitava no meu sofá e o meu tio se sentava em sua cama e lia em voz alta. Eu costumava pular para a cama alta e ficar ao lado dele, enroscar meus dedos em torno da sua grande mão, de dedos longos e finos, e tocar seus incríveis livros grandes de páginas macias e escrita tão refinada, com belas letras impressas em preto. Eu tentava distinguir algumas palavras. Elas mais pareciam símbolos misteriosos que me enchiam de uma sensação próxima do medo. Alazar era um impressionante mundo povoado apenas por homens, e o meu tio era um deles, era um homem. Quando ele lia, sua voz ecoava com imensa reverência, e seus grandes e longos dedos eram dominados por um estranho tremor, que eu podia sentir sob a minha mão. Era algo familiar, como um tremor que eu já havia experimentado na infância; um sonho distante, do qual eu ainda me lembrava.

Durante as frias noites de inverno, eu me aninhava nos braços do meu tio como um bebê dentro de um útero. Nós extraíamos calor de nossa proximidade. Com o rosto enterrado nos braços dele, eu queria lhe dizer que o amava, mas as palavras não saíam da minha boca. Eu queria chorar, mas as lágrimas não fluíam. E depois de algum tempo eu caía num sono profundo até amanhecer.

Certo dia eu caí doente, com febre. O meu tio se sentou na cama ao meu lado e segurou a minha mão, afagando meu rosto de leve com seus longos dedos, e eu dormi a noite inteira segurando a mão dele.

QUANDO EU RECEBI O MEU CERTIFICADO DE CONCLUSÃO do ensino fundamental, meu tio me comprou um pequeno relógio de pulso, e nessa noite me levou ao cinema. Eu vi uma mulher dançando. As pernas dela estavam descobertas. Vi um homem abraçando uma mulher. E então ele a beijou nos lábios. Eu escondi meu rosto com as mãos e não me atrevi a olhar para o meu tio. Depois ele me disse que dançar era pecado, e que beijar um homem também era pecado, mas agora eu não conseguia mais olhá-lo nos olhos. Mais tarde nessa noite, quando voltamos para casa, eu não me sentei ao lado dele na cama como eu antes fazia com frequência. Em vez disso me enfiei debaixo do edredom no meu pequeno sofá.

Eu estava tremendo dos pés à cabeça, tomada pela inexplicável sensação de que os longos e grandes dedos do meu tio não demorariam a se aproximar de mim, e cautelosamente levantariam o edredom sob o qual eu estava deitada. Então os lábios dele tocariam o meu rosto e pressionariam a minha boca, e os seus dedos trêmulos subiriam lentamente pelas minhas pernas.

Uma coisa estranha estava acontecendo comigo, estranha porque nunca havia acontecido comigo antes, ou porque aconteceu comigo o tempo todo, até onde posso me lembrar. Em algum lugar, em algum ponto distante dentro do meu corpo estava despertando um velho prazer perdido havia muito tempo atrás, ou um novo prazer ainda desconhecido, e indefinível, porque parecia surgir de fora do meu corpo, ou em uma parte do meu ser, amputada do meu corpo muitos anos antes.

MEU TIO COMEÇOU A PASSAR TEMPO DEMAIS FORA DE casa. Quando eu acordava pela manhã ele já havia saído, e quando voltava à noite eu estava na cama, dormindo. Se eu levasse para ele um copo de água, ou um prato de comida, ele estendia a mão e pegava sem nem mesmo olhar para mim. Quando eu escondia a cabeça debaixo do edredom, prestava atenção para escutar o som dos passos dele. Eu segurava a respiração e fingia estar dormindo, e esperava o momento em que seus dedos começariam a me tocar. Uma eternidade parecia se passar sem que nada acontecesse. Eu podia ouvir a sua cama ranger quando ele se deitava, algum tempo depois eu passava a ouvir o som do seu ronco num ritmo constante. Só então eu tinha certeza de que ele havia caído no sono.

Ele se tornou um homem diferente. Já não lia mais antes de dormir, nem vestia seu cafetã. Em vez disso comprou terno e gravata, obteve um cargo no Ministério dos Wakfs, um órgão voltado para assuntos islâmicos, e se casou com a filha do seu professor na Alazar.

Meu tio me colocou na escola secundária, e me levou junto com ele para a sua nova casa, onde eu morei com ele e com a sua esposa. A esposa dele era uma mulher gorda e baixa, de pele clara. Seu corpo letárgico balançava de um lado para outro quando ela caminhava, com o movimento bamboleante de um pato obeso. Sua voz era suave, mas essa suavidade não tinha a ver com gentileza — era uma suavidade nascida da crueldade. Os olhos dela eram grandes, e escuros, vazios de vitalidade; não havia neles nada além da mais negra e sonolenta indiferença.

Ela nunca lavava os pés do meu tio, e ele jamais batia nela, nem lhe dirigia a palavra aos gritos. Ele era extremamente polido, mas a tratava com o tipo de cortesia desprovida de genuíno respeito que os homens reservavam às mulheres. Eu suspeitava que os sentimentos que ele nutria pela mulher eram mais de medo que de amor, já que ela vinha de uma classe social mais alta que a dele. Quando recebíamos o pai da esposa do meu tio, ou de algum dos parentes dela, meu tio comprava carne vermelha ou frango, e a risada dele ecoava por toda a casa. Mas quando a tia dele chegava para nos visitar, vestida com roupas comuns de camponesa, com suas mãos maltratadas aparecendo pelas aberturas das mangas longas, ele se isolava num canto e ficava em silêncio, sem dar nem ao menos um sorriso.

A tia dele se sentava ao meu lado na cama, chorando baixinho, e mencionava o quanto estava arrependida por ter vendido seu colar de ouro para pagar os estudos do meu tio em Alazar. Pela manhã, ela tirava da sua cesta o frango, os ovos e o bolo de pão, então colocava a cesta vazia no braço e ia embora.

— Fique só mais um dia com a gente, vó — eu dizia a ela, mas o meu tio nunca dizia uma palavra a respeito disso, nem a mulher dele.

Eu ia para a escola todos os dias. Quando retornava, eu limpava a casa e lavava o chão, a louça e as roupas. A mulher do meu tio apenas cozinhava, deixando as vasilhas e panelas para que eu areasse e lavasse. Tempos depois, meu tio trouxe para casa uma pequena ajudante, e a garota passou a dormir no meu quarto. A cama era reservada para o meu uso e a menina dormia no chão. Certa noite fez frio, e eu disse à garota que ela poderia dormir comigo na cama. Quando a esposa do meu tio entrou no quarto e nos viu, ela bateu na menina. E depois bateu em mim também.

CERTO DIA, QUANDO RETORNEI DA ESCOLA, NOTEI QUE O meu tio parecia bem zangado comigo. A esposa dele parecia furiosa comigo também, e continuou a se mostrar furiosa, até que ele decidiu me tirar de casa junto com minhas roupas e livros e me colocar no internato para meninas da escola. Dali em diante eu passei a dormir no internato à noite. No fim de cada semana, os pais, mães e outros parentes das garotas as visitavam, ou as levavam para passar a quinta-feira e a sexta-feira em casa. Por cima do muro alto eu ficava observando enquanto elas iam embora. Seguindo com os olhos as pessoas e o movimento na rua como uma prisioneira condenada a ficar atrás dos muros altos de uma prisão, enquanto a vida acontecia lá fora.

Mas eu acabei adorando ficar na escola, apesar de tudo. Lá havia livros novos, e novos assuntos, e meninas da minha idade com as quais eu costumava estudar. Nós conversávamos umas com as outras sobre as nossas vidas, trocávamos segredos e abríamos nossos corações umas para as outras. Não havia nada que nos causasse transtornos, a não ser a inspetora, que andava pelo internato nas pontas dos pés, espreitando-nos dia e noite, escutando o que nós tínhamos a dizer. Até quando estávamos dormindo ela mantinha um olho vigilante sobre cada movimento nosso, seguindo-nos enquanto sonhávamos. Bastava que uma das garotas desse um suspiro, ou emitisse um som, ou fizesse o menor movimento durante o sonho, e a inspetora se precipitava sobre ela como uma ave de rapina.

Eu tinha uma amiga chamada Wafeya. A cama dela ficava ao lado da minha. Eu movia a minha cama para perto da dela depois que as luzes se apagavam, e nós conversávamos até a meia-noite. Wafeya falava de um primo que ela amava e que, por sua vez, também a amava, e eu falava das minhas esperanças para o futuro. Não havia nada no meu passado nem na minha infância que fosse digno de ser lembrado, nem amor ou coisa parecida no presente. Tudo o que eu tinha a dizer, portanto, só poderia estar ligado ao futuro. Porque o futuro ainda pertencia a mim e eu poderia pintá-lo nas cores que desejasse. Ainda pertencia a mim para que eu decidisse livremente como seria, e para operar mudanças como bem entendesse.

Às vezes, eu imaginava que me tornaria uma médica, ou engenheira, ou advogada, ou então uma juíza. Certo dia, a escola inteira foi às ruas para realizar uma grande manifestação de protesto contra o governo. De repente, eu me vi passeando em cima dos ombros das garotas, gritando "Abaixo o governo! Abaixo o governo!"

Quando voltei para a escola, a minha voz estava rouca, meu cabelo todo despenteado e minha roupa rasgada em vários lugares, mas passei a noite inteira imaginando-me como uma grande líder ou uma chefe de estado.

Eu sabia que mulheres não se tornavam chefes de estado, mas eu sentia que não era como as outras mulheres, nem como as outras garotas ao meu redor, que só falavam de amor ou de homens. Porque esses eram assuntos que eu nunca mencionava. De qualquer maneira, eu não estava interessada nas coisas que ocupavam as mentes delas, e o que parecia ser importante para elas me dava a impressão de ser trivial.

Certa noite, Wafeya me perguntou:

— Você já se apaixonou, Firdaus?

— Não, Wafeya. Eu nunca me apaixonei — respondi.

A minha amiga olhou para mim com uma expressão de surpresa no rosto.

— Que estranho! — ela disse.

— Por que você acha isso estranho? — perguntei.

— Alguma coisa no seu jeito sugere que você está apaixonada.

— Mas o que há no jeito de uma pessoa que possa indicar que ela esteja apaixonada?

— Não sei — ela respondeu, balançando a cabeça. — Mas eu tenho uma forte impressão de que você é uma pessoa que não pode viver sem amor.

— Seja como for, eu estou vivendo sem amor.

— Então está vivendo uma mentira, ou nem está vivendo no final das contas.

Depois de pronunciar a última palavra, Wafeya imediatamente caiu no sono. Meus olhos permaneceram bem abertos, fitando fixamente a escuridão. Imagens distantes, quase esquecidas, começaram a emergir lentamente da noite. Eu vi Mohammadain deitado numa cama de palha sob o abrigo. O cheiro da palha penetrou nas minhas narinas, e eu senti o toque dos dedos dele sobre o meu corpo. Todo o meu corpo estremeceu com um prazer familiar, e ao mesmo tempo remoto, que surgiu de alguma fonte desconhecida, de algum ponto indefinível fora do meu ser. E ainda assim eu podia sentir isso em algum lugar do meu corpo, uma gentil pulsação que começava como um doce prazer e terminava como uma suave dor. Era algo que eu tentava segurar, tocar ao menos por um instante, mas escapava do meu domínio como o ar, como uma ilusão, ou um sonho que voa para longe e então desaparece. Eu chorei no meu sono como se algo estivesse me abandonando nesse exato momento, como uma perda que eu estivesse experimentando pela primeira vez, não como algo que eu já havia perdido muito tempo atrás.

As noites na escola eram longas, e os dias eram ainda mais longos. Eu terminava de estudar as minhas lições horas antes de soar o último sinal noturno. Certa ocasião eu descobri que a escola tinha uma biblioteca. Tratava-se de uma sala negligenciada no pátio, com estantes caindo aos pedaços e livros nas prateleiras cobertos com uma grossa camada de poeira. Eu costumava limpar a poeira com um pano de chão amarelo, então sentava-me numa cadeira quebrada sob a luz de uma lâmpada fraca e lia.

Eu cultivei amor pelos livros, um amor que crescia mais e mais, porque com cada livro eu aprendia alguma coisa nova. Eu aprendi muito sobre os Persas, os Turcos e os Árabes. Eu li sobre os crimes cometidos por reis e governantes, sobre guerras, pessoas, revoluções, e sobre as vidas dos revolucionários. Eu li histórias de amor e poemas de amor. Mas eu preferia livros que retratavam governantes. Eu li sobre um soberano cujas servas e concubinas eram tão numerosas quanto o seu exército, e sobre outro cujos únicos interesses na vida eram vinho, mulheres e açoitar seus escravos. Um terceiro soberano não ligava muito para mulheres, mas apreciava guerras, e sentia prazer matando e torturando homens. Outro desses governantes adorava comida, dinheiro e acumular riquezas ilimitadamente. Outro ainda estava tão dominado pela admiração que tinha por si mesmo e pela sua grandeza que para ele não existia mais ninguém no mundo. Houve também um soberano tão obcecado com tramas e conspirações que passava todo o tempo distorcendo os fatos da história e tentando enganar o seu povo.

Eu me dei conta de que todos esses governantes eram homens. O que eles tinham em comum era uma personalidade gananciosa e distorcida, um apetite insaciável por dinheiro, sexo e poder sem limites.

Eles eram homens que espalhavam a corrupção pela Terra, e pilhavam seus povos. Homens dotados de voz de comando e capacidade de persuasão, pois escolhiam palavras doces e atiravam flechas envenenadas. Assim sendo, a verdade sobre eles foi revelada somente depois que morreram. Como resultado disso eu descobri que a história tende a se repetir com uma obstinação insensata.

Jornais e revistas eram entregues na biblioteca regularmente. Eu ganhei o hábito de ler o que estava escrito neles e de olhar suas fotografias. Dessa maneira, eu me deparava frequentemente com as fotos de um ou outro desses soberanos participando, junto com a congregação, das orações da manhã de sexta-feira. Ali estava ele, sentado, abrindo e fechando os olhos, olhando tudo com expressão de grande humildade, como um homem profundamente tocado e devoto. Eu podia ver que ele estava tentando enganar Alá da mesma maneira que enganava o povo. Reuniam-se ao redor dele membros do seu séquito, que balançavam a cabeça em sinal de concordância e com admiração diante de tudo o que estava sendo dito. Invocando as bênçãos de Alá e sua glória eterna num tom de voz gutural e submisso, esfregando as mãos umas nas outras, observando o que acontecia ao seu redor com olhos desconfiados, inseguros, furtivos, prontos para o ataque, cheios de uma agressividade que se aproximava do servil.

Eu podia imaginá-los rezando ardentemente pelas almas dos mártires da nação que haviam perdido a vida em consequência da guerra, da fome ou da peste. Eu os via abaixando as cabeças e erguendo os traseiros gordos e redondos, inflados com carne e medo. Quando eles pronunciavam a palavra "patriotismo" eu podia notar na mesma hora que eles não temiam Alá de maneira sincera, do fundo do coração. E que na mente deles, patriotismo significava que o pobre tinha de morrer para defender a propriedade do rico, ou seja, a propriedade deles próprios. Eu sabia que os pobres não tinham propriedade.

Quando eu me cansava de ler textos de história, que pareciam ser imutáveis, quando me entediava com os mesmos velhos fatos, as mesmas fotografias, que pareciam também nunca mudar muito, eu saía da biblioteca e ia me sentar sozinha na área de recreação. Muitas vezes já era noite escura, sem uma lua projetando sua luz do alto, o último sinal de encerramento das atividades já tinha sido acionado havia um bom tempo, e só o que restava depois era um total e profundo silêncio. Todas as janelas ao meu redor estavam fechadas, e todas as luzes apagadas. Mesmo assim eu continuava sentada no escuro, sozinha, ruminando as dúvidas que eu tinha com relação a várias coisas. O que seria de mim nos anos por vir? Será que eu conseguiria ir para a universidade? Será que meu tio concordaria em me enviar para a universidade a fim de que eu desse prosseguimento aos meus estudos?

Certa noite uma professora me viu sentada nesse lugar, no escuro. Por um momento ela ficou assustada com a visão de um vulto que não se movia, ainda que parecesse uma figura humana sentada em meio à escuridão. Antes de chegar mais perto de mim ela gritou:

— Quem está sentado aí?

— Sou eu... Firdaus — respondi, com uma voz fraca e temerosa.

Quando se aproximou devagar de mim ela me reconheceu, e pareceu surpresa, porque eu era uma das melhores alunas da classe dela — e as melhores alunas costumavam ir para a cama assim que o sinal da noite tocava.

Eu disse à professora que estava me sentindo um pouco tensa e que não conseguia dormir, e então ela se sentou ao meu lado. Seu nome era Iqbal. Ela era baixa e roliça, e tinha um longo cabelo negro e olhos negros. Eu podia ver os olhos dela voltados para mim, observando-me, apesar da escuridão. Sempre que eu virava a cabeça eles me perseguiam, fitando-me o tempo todo, recusando-se a se desviarem de mim. Mesmo quando eu cobri o rosto com as duas mãos, os olhos dela pareciam atravessá-las e alcançar os meus olhos.

De repente, sem aviso, eu comecei a chorar copiosamente. As lágrimas corriam pelo meu rosto, que eu continuava cobrindo com as mãos. Ela segurou as minhas duas mãos e as retirou do meu rosto. Ouvi-a dizer:

— Firdaus! Firdaus, não chore, por favor.

— Me deixe chorar — eu disse.

— Eu nunca vi você chorar antes. O que aconteceu com você?

— Nada. Absolutamente nada.

— Impossível. Alguma coisa deve ter acontecido.

— Não, não aconteceu nada, sra. Iqbal.

— Você está chorando sem nenhuma razão? — ela indagou, com uma nota de surpresa na voz.

— Eu não sei por que estou chorando. Não aconteceu nada de novo comigo.

A professora continuou ao meu lado, sentada em silêncio. Eu podia ver os seus olhos negros vagando na noite, e as lágrimas brotando deles com um brilho cintilante. Ela comprimiu os lábios um contra o outro e engoliu em seco, e subitamente a luz nos olhos dela se apagou. Várias vezes os seus olhos começaram a brilhar, e após um momento se apagaram, como labaredas se extinguindo na noite. Quando mais uma vez ela apertou os lábios e engoliu em seco, isso não surtiu efeito, e duas lágrimas escaparam dos seus olhos. As lágrimas rolaram pelo nariz e lentamente pingaram uma de cada lado. Ela cobriu o rosto com uma mão, e com a outra apanhou um lenço e o bateu de leve no nariz.

— Está chorando, sra. Iqbal? — perguntei.

— Não — ela disse, e então escondeu o lenço, engoliu em seco e sorriu para mim.

A noite que nos envolvia era profunda, silenciosa, estagnada, sem o menor sinal de som ou de movimento em lugar nenhum. Tudo estava tomado pela mais absoluta escuridão, através da qual nenhum raio de luz penetrava, porque no céu não havia nem sol nem lua. O meu rosto estava voltado para o da professora, e os meus olhos miravam os dela: dois anéis do mais puro branco, envolvendo dois círculos de intenso negro que se fixavam em mim. Continuei fitando-os atentamente, e o branco pareceu se tornar ainda mais branco, e o negro ainda mais negro. Como se a luz estivesse se lançando sobre eles, vinda de alguma fonte mágica desconhecida, que não se localizava nem na terra nem no céu, pois a terra estava envolvida no manto da noite, e o céu não tinha sol nem lua que pudessem lhe fornecer luz.

Eu mantive os olhos nos olhos dela, e segurei sua mão na minha. A sensação das nossas mãos se tocando foi estranha, inesperada. Foi uma sensação que fez o meu corpo tremer com um prazer profundo, porém remoto, mais remoto do que as lembranças mais antigas da minha vida, mais profundo do que a consciência que havia me acompanhado por toda a minha existência. Eu podia sentir isso em algum lugar, como uma parte do meu ser que havia nascido comigo na data do meu nascimento, mas não havia crescido comigo durante o meu crescimento. Como uma parte do meu ser que uma vez eu conheci, mas que tinha ficado para trás quando nasci. Uma nebulosa consciência de algo que podia ter existido, mas que acabou jamais existindo.

Nesse momento uma lembrança veio à minha mente. Entreabri os lábios para falar, mas a minha voz parou na garganta, como se eu quase não conseguisse me lembrar de que já havia esquecido. Meu coração entrou em descompasso, oprimido por um sofrimento apavorante e frenético por causa de algo precioso que eu estava prestes a perder para sempre, ou havia acabado de perder para sempre. Meus dedos seguraram a mão dela com uma pressão tão intensa que nenhuma força na Terra, por mais poderosa que fosse, poderia tirá-la de mim.

DEPOIS DESSA NOITE, SEMPRE QUE NÓS DUAS NOS ENCONtrávamos os meus lábios se abriam para dizer alguma coisa, mas assim que eu me lembrava dessa coisa eu já a havia esquecido. Meu coração batia com medo, ou com uma emoção que se assemelhava a medo. Eu queria me aproximar da sra. Iqbal e pegar na sua mão, mas ela entrava na sala e saía depois que a aula terminava sem dar sinais de que havia notado a minha presença. Vez por outra ela chegava a olhar para mim, mas sempre do mesmo modo como olhava para qualquer uma de suas alunas.

Na cama, antes de dormir, eu costumava me perguntar: "Será que a sra. Iqbal se esqueceu?". Momentos depois, Wafeya aproximava a sua cama da minha e perguntava:

— Esqueceu o quê?

— Não sei, Wafeya.

— Você está vivendo num mundo de imaginação, Firdaus.

— De jeito nenhum, Wafeya, garanto que não. Aconteceu mesmo, pode acreditar.

— O que aconteceu? — ela quis saber.

Tentei explicar a ela o que havia acontecido, mas eu não sabia como descrever a situação. Ou, para ser mais precisa, eu não conseguia encontrar nada para dizer. Era como se eu fosse incapaz de me lembrar do que havia ocorrido, ou como se absolutamente nada tivesse ocorrido.

Fechei os olhos e me concentrei para relembrar a cena. Lentamente surgiram dois círculos intensamente negros cercados por dois anéis de puro branco. Quanto mais eu os contemplava, maiores eles ficavam, aumentando de tamanho bem diante dos meus olhos. O círculo negro continuou crescendo até ficar do tamanho da Terra, e o círculo branco se expandiu numa massa extremamente branca, vasta como o sol. Meus olhos se perderam na imensidão negra e branca, até que, ofuscados por sua intensidade, não puderam mais distinguir um do outro. As imagens diante dos meus olhos se tornaram confusas. Eu não era mais capaz de fazer distinção entre os rostos do meu pai e da minha mãe, do meu tio e de Mohammadain, de Iqbal e de Wafeya. Arregalei os olhos, em pânico, como se corresse o risco de ficar cega. Consegui ver os contornos do rosto de Wafeya diante de mim em meio à escuridão. Ela ainda estava acordada.

— Firdaus, você está apaixonada pela sra. Iqbal?

— Eu? — respondi, sem acreditar no que tinha acabado de ouvir.

— É, você. Quem mais seria?

— De jeito nenhum, Wafeya.

— Então por que você fala dela toda noite?

— Eu? Falando dela? Isso não é verdade. Você sempre exagera, Wafeya.

— A sra. Iqbal é uma professora excelente — ela comentou.

— Sim, eu concordo. Mas é uma mulher. Como eu poderia me apaixonar por uma mulher?

Faltavam apenas alguns dias para o exame final. Wafeya não falava mais sobre o seu amado, e o sinal noturno já não tocava tão cedo quanto antes. Todas as noites eu me sentava na sala de estudo até mais tarde com Wafeya e as outras garotas. De vez em quando a inspetora do internato ficava por perto para nos vigiar enquanto estudávamos, da mesma maneira que costumava ficar por perto e nos vigiar enquanto dormíamos e até enquanto sonhávamos. Se uma das garotas simplesmente erguesse a cabeça para fazer uma pausa, ou para relaxar os músculos do pescoço, a inspetora surgia de repente do nada, e a garota imediatamente baixava a cabeça sobre o livro de novo.

Eu gostava das aulas, e adorava estudar, apesar da vigilância incessante da inspetora e de outras coisas. Quando os resultados do exame final foram anunciados, informaram-me que eu havia sido classificada em segundo lugar na escola e em sétimo lugar em todo o país. Na noite em que os certificados foram distribuídos, uma cerimônia especial foi realizada para se comemorar a ocasião.

A diretora disse o meu nome em voz alta no grande salão apinhado de gente, com centenas de mães, pais e outros parentes das meninas, mas ninguém se apresentou para pegar o certificado. A diretora chamou o meu nome mais uma vez. Eu tentei me levantar, mas as minhas pernas não me obedeceram.

— Presente! — eu gritei, sentada no meu lugar.

Vi todas as cabeças se virarem na minha direção, e todos os olhos se fixarem em mim. Incontáveis olhos que bem debaixo das minhas vistas se transformaram em inúmeros anéis brancos envolvendo inúmeros círculos negros, reunidos num movimento circular orquestrado que concentrava seu foco diretamente sobre os meus olhos.

— Não responda enquanto estiver sentada. Levante-se! — bradou a diretora com voz de comando.

Eu percebi que estava de pé quando os anéis brancos e os círculos negros se moveram para cima em conjunto, a um só tempo, para se fixarem novamente nos meus olhos.

— Onde está o seu tutor? — bradou mais uma vez a diretora, e a voz dela ecoou nos meus ouvidos como se fosse um estrondo, mais alta do que qualquer outra voz que eu já havia escutado na vida.

Um silêncio pesado caiu sobre o salão, um silêncio que parecia ter uma ressonância própria. O ar vibrava com um som peculiar, e a respiração de tantos peitos tinha um ritmo próprio, que chegava a mim no fundo do salão lotado. As cabeças voltaram para a sua posição normal, e eu fiquei contemplando as costas das pessoas sentadas eretas em suas fileiras.

Dois olhos — dois solitários olhos procuraram os meus na distância. Por mais que eu distanciasse deles o meu olhar, ou por mais que eu movesse a minha cabeça, isso não importava; eles seguiam cada movimento meu, mantendo-se firmes. Tudo agora estava envolto numa escuridão crescente, na qual eu já não podia enxergar o mais leve brilho de luz, exceto por dois olhos profundamente negros circundados por dois anéis de um deslumbrante branco. Quanto mais eu olhava para eles mais intensos o negro e o branco se tornavam, como se estivessem impregnados por uma luz originada de alguma fonte mágica, pois o salão estava mergulhado em total escuridão, e a noite lá fora estava escura como carvão.

Talvez eu tenha estendido a mão em meio à escuridão e segurado a mão dela, ou talvez ela tenha estendido a mão em meio à escuridão e segurado a minha mão. O súbito contato fez o meu corpo estremecer com uma dor tão profunda que pareceu quase uma sensação de prazer, ou um prazer tão profundo que se aproximava de uma sensação de dor. Era um prazer distante, enterrado em profundidades tão longínquas que parecia ter surgido muito tempo atrás. Um tempo maior que o alcance da memória, maior que os anos de que eu me lembrava da jornada de uma vida inteira. Algo que não passava de uma vaga lembrança fugidia, como se tivesse acontecido apenas uma vez para depois se perder completamente, ou como se nunca tivesse acontecido.

Preparei-me para dizer tudo a ela. Meus lábios se separaram, mas ela falou antes que eu começasse:

— Não diga nada, Firdaus.

A sra. Iqbal me levou pela mão, e nós passamos por fileiras e mais fileiras de pessoas até subirmos na plataforma onde se encontrava a diretora. Ela recebeu o meu certificado, e então assinou o seu nome para atestar que havia recebido também o meu certificado de mérito. A diretora leu em voz alta as notas que eu havia alcançado em cada disciplina, e eu escutei um barulho vindo do salão que parecia ser o som de aplausos. Depois a diretora estendeu na minha direção uma caixa embrulhada em papel colorido e amarrada com uma fita de seda verde.

Tentei estender a mão, mas não consegui movê-la. Mais uma vez eu vi de relance a sra. Iqbal se aproximando da diretora. Ela pegou o pacote e então me levou de volta, por entre a multidão de espectadores, até o lugar onde eu estava sentada antes. Eu me sentei, pus o certificado no colo e pousei a caixa sobre ele.

O ANO LETIVO HAVIA CHEGADO AO FIM. PAIS E TUTORES apareciam para levar as meninas para casa. A diretora enviou um telegrama ao meu tio, e alguns dias depois ele foi me buscar na escola. Eu não via a sra. Iqbal desde a noite da cerimônia. Naquela noite, quando soou o sinal de "luzes apagadas", eu não consegui dormir. Escapuli até o pátio e me sentei lá no escuro, sozinha. Cada vez que escutava um ruído vindo das proximidades, ou sentia algum movimento, eu olhava a minha volta. Em determinado momento eu vi um vulto do tamanho de uma pessoa movendo-se perto da entrada. No mesmo instante eu me levantei. Meu coração batia ferozmente, e o sangue subiu à minha cabeça. Tive a impressão de que o vulto que eu havia visto estava se deslocando na minha direção. Lentamente eu comecei a caminhar ao encontro dele. Enquanto avançava, percebi que todo o meu corpo estava banhado em suor, até mesmo as raízes do meu cabelo e as palmas das minhas mãos. Eu estava sozinha na escuridão, e um ligeiro calafrio de medo percorreu meu corpo. Eu chamei: "Sra. Iqbal?", mas só consegui produzir um mero sussurro que eu mesma não pude ouvir direito. Eu não escutava nada, e o meu medo aumentou. Mas o vulto do tamanho de um corpo humano continuava ali, sobressaindo-se na escuridão. Voltei a falar, agora em voz alta, e dessa vez consegui ouvir claramente o som da minha voz.

— Quem está aí?

Minha própria voz me acordou como se de um sonho, como quando uma pessoa fala em voz alta durante o sono. A escuridão pareceu diminuir um pouco, revelando um muro baixo e sem pintura, do tamanho aproximado de uma pessoa de altura mediana. Eu já havia visto esse muro antes; mesmo assim, por um breve momento eu senti que ele acabara de ser construído.

Antes de ir embora da escola pela última vez, eu continuei olhando ao meu redor, correndo incessantemente os olhos por paredes, janelas e portas, esperando que algo se abrisse de repente e revelasse o rosto dela. E então ela olharia para mim por um momento, e me faria o costumeiro aceno de despedida com a mão. Busquei em todos os lugares freneticamente, sem parar. Eu perdia a esperança a todo instante, só para recuperá-la no instante seguinte. Meus olhos subiam e desciam sem cessar, iam pra lá e pra cá o tempo todo. Meu peito estava tomado por uma emoção profunda. Antes de atravessarmos o portão de saída eu pedi ao meu tio, arfante:

— Por favor, espere por mim só mais um minuto.

No momento seguinte eu o estava seguindo pela rua, e o portão já havia se fechado atrás de nós. Mas eu continuei me virando para trás e olhando para ele por um bom tempo, como se ele fosse se abrir novamente, ou como se eu tivesse certeza de que alguém se encontrava logo atrás dele, preparando-se para empurrá-lo e abri-lo a qualquer momento.

EU CAMINHEI A PASSOS LARGOS ATRÁS DO MEU TIO, LE-vando comigo, gravada na mente, a imagem daqueles portões fechados. Essa imagem estava sempre diante de mim — quando eu fazia as minhas refeições, ou bebia, ou me deitava para dormir. Eu sabia que agora estava de volta à casa do meu tio. A mulher que vivia com ele era a sua esposa, e as crianças que corriam pela casa eram os filhos deles. Não havia lugar para mim naquela casa, exceto no pequeno sofá de madeira situado na sala de jantar, bem perto da fina parede que separava a sala do quarto do casal. Desse modo, todas as noites eu podia ouvir as vozes abafadas dos dois sussurrando do outro lado da divisória:

— Nos dias de hoje não é fácil arranjar trabalho quando tudo o que você tem é um certificado de escola secundária.

— O que ela pode fazer então?

— Nada. Essas escolas secundárias não servem pra ensinar coisa nenhuma. Eu devia tê-la colocado em uma escola de formação profissional.

— Não adianta falar sobre o que você deveria ter feito. O que é que você pretende fazer agora?

— Ela pode ficar com a gente até que eu encontre um emprego para ela.

— Mas isso pode levar anos. A casa é pequena e a vida não é barata. Ela come duas vezes mais do que qualquer um dos nossos filhos.

— Ela ajuda você com a casa e as crianças.

— Nós já temos uma empregada, e eu cozinho. Não precisamos dela.

— Mas o trabalho pode ficar mais fácil para você se ela ajudá-la a cozinhar.

— Eu não gosto da comida que ela faz. Você sabe, meu marido, cozinhar exige um toque especial, é preciso colocar sua alma na comida que você faz. E eu não gosto do resultado da "alma" dela na comida, nem você. Lembra-se do quiabo que ela cozinhou para nós? Você me disse que não ficou bom como o quiabo que está acostumado a comer quando eu mesma preparo.

— Se você ficar com ela em vez de manter Saadia, nós economizaremos o dinheiro do salário da garota.

— Ela não seria capaz de substituir a Saadia. Saadia é esperta e rápida, e esforçada, dedica-se de corpo e alma a tudo o que faz. Além do mais, ela não tem o costume de comer demais, nem de dormir muitas horas. Mas Firdaus é lerda, os movimentos dela são pesados. Ela é insensível e não mostra interesse pelas coisas.

— O que vamos fazer com ela, então?

— Nós podemos nos livrar dela mandando-a para a universidade. Lá ela pode morar num dos dormitórios disponíveis para as estudantes.

— Para a universidade? Para um lugar onde ela vai se sentar ao lado de homens? Eu, um chefe de família e homem de religião respeitado, mandando a sobrinha estudar fora na companhia de homens?! Além do mais, de onde virá o dinheiro para custear o alojamento dela, e seus livros, e suas roupas? Você sabe como as coisas estão caras hoje em dia. Os preços saíram de controle e não param de subir, e o meu salário de funcionário do governo nunca sobe o bastante para acompanhar.

— Meu marido, tenho uma ideia maravilhosa.

— E qual é?

— Meu tio, Sheik Mahmoud, é um homem virtuoso. Tem uma ótima pensão e não tem filhos, e vive sozinho desde que sua esposa morreu no ano passado. Se o meu tio se casar com Firdaus, ela terá uma boa vida ao lado dele, e ele poderá contar com uma esposa obediente, que vai servi-lo e aliviar sua solidão. Firdaus cresceu, meu marido, e precisa se casar. É arriscado para ela continuar sem um marido. Ela é uma boa garota, mas o mundo está cheio de canalhas.

— Concordo com você, mas Sheik Mahmoud é velho demais para ela.

— Quem disse que ele é velho? Ele só começou a receber a pensão este ano. Além disso, Firdaus não é tão jovem assim. Há meninas da idade dela que já se casaram há anos e já geraram filhos. Um homem velho, porém, honesto certamente será melhor do que um homem jovem que a trate mal, humilhando-a ou batendo nela. Você sabe como são os homens jovens nos dias de hoje.

— Concordo com você. Mas você precisa levar em conta que ele tem uma deformidade bem evidente no rosto.

— Deformidade? Quem disse que aquilo é uma deformidade? E de mais a mais, meu marido, a aparência não é importante. Aparência não é motivo de vergonha. Para um homem, como se sabe, vergonha é não ter dinheiro para nada.

— Suponhamos que Firdaus o recuse. Como vamos ficar?

— E por que ela o recusaria? É a melhor chance que ela tem de se casar. Não se esqueça daquele nariz que ela tem. É grande e feio como uma caneca de latão. Sem mencionar que ela não herdou nada, e não conta com nenhuma renda. Nós nunca conseguiremos encontrar para Firdaus um marido melhor do que Sheik Mahmoud.

— Acha que Sheik Mahmoud vai gostar dessa ideia?

— Se eu conversar com ele, tenho certeza de que vai concordar. Pretendo pedir a ele um grande dote.

— De quanto?

— Cem libras, ou quem sabe duzentas libras, se ele tiver o dinheiro.

— Se ele pagar cem libras, então Alá terá sido definitivamente generoso conosco, e eu não seria ganancioso a ponto de pedir mais.

— Vou começar com duzentas libras. Você sabe que ele é um homem capaz de discutir por horas por causa de centavos. Por uma libra ele sacrificaria a própria vida.

— Se ele aceitar pagar cem libras, então já seremos abençoados por Alá o suficiente. Eu poderei pagar as minhas dívidas e comprar algumas roupas de baixo e um ou dois vestidos para Firdaus. Não podemos deixar que ela se case com as roupas que está vestindo.

— De qualquer maneira, você não vai ter que se preocupar com a vestimenta da noiva, nem com a mobília e os utensílios dela. A casa de Sheik Mahmoud tem tudo o que é necessário, e o mobiliário que a última esposa deixou é bom, de material sólido, muito melhor do que as porcarias que existem por aí hoje em dia.

— Sem dúvida. O que você diz é a mais pura verdade.

— Juro por Alá, meu marido, que o Senhor deve realmente amar essa sua sobrinha, porque ela terá muita sorte se Sheik Mahmoud concordar em se casar com ela.

— E você acha que ele vai concordar?

— E por que ele haveria de recusar? Por meio desse casamento ele estabeleceria vínculo com um respeitado líder e homem de religião. Por si só esse motivo não é suficiente para que ele aceite a proposta de bom grado?

— Talvez ele tenha a intenção de desposar uma mulher de família abastada. Você conhece a veneração dele por dinheiro.

— E você, meu senhor, se considera um homem pobre. Nós estamos melhores do que muita gente por aí. Sejamos gratos a Alá por tudo.

— Sem sombra de dúvida nós somos eternamente gratos a Alá por tudo o que nos proporcionou. Que Ele seja para sempre louvado e exaltado. Que os nossos corações se encham da mais genuína gratidão pelo Todo-poderoso Alá.

Enquanto eu me deitava no sofá, ouvi meu tio beijar a mão duas vezes numa rápida sucessão, ao mesmo tempo que repetia:

— Que os nossos corações se encham da mais genuína gratidão pelo Todo-poderoso Alá.

Na minha imaginação eu quase podia vê-lo beijando a palma da própria mão, e depois virando-a para estampar um segundo beijo nas costas dessa mão. Através da parede fina, o barulho de sucção dos dois beijos alcançou os meus ouvidos, um estalo após o outro, e momentos depois recomeçou, quando ele tentou plantar os lábios na mão da sua esposa — ou talvez no braço dela, ou na perna —, porque eu agora podia escutar os protestos da mulher:

— Não, meu senhor, não — ela disse enquanto tirava o braço ou a perna do alcance dele.

A voz dele tornou a surgir, num murmúrio brando, suave, quase como uma nova sequência rápida de beijos:

— Não o quê, mulher?

A cama rangeu debaixo deles, e agora eu podia ouvir a respiração dos dois, irregular, ofegante, e a voz dela protestando mais uma vez:

— Não, meu senhor, pela honra do Profeta! Não, isso é pecaminoso.

— Ora, mulher, vamos... — ele respondeu num tom de voz abafado, rouco. — Por que está falando no Profeta? Onde está o pecado? Sou o seu marido e você é a minha mulher.

A cama rangeu ainda mais alto sob os dois pesados corpos engalfinhados numa espécie de luta, alternadamente aproximando-se um do outro e separando-se num movimento contínuo, lento e intenso a princípio, e então ganhando aos poucos um ritmo estranhamente rápido, quase frenético, que fazia tremer a cama, o chão e também a parede entre nós, e até mesmo o sofá no qual eu estava deitada. Senti o meu corpo vibrar com o sofá, minha respiração ficou mais rápida, e após algum tempo eu também comecei a ofegar com o mesmo frenesi estranho. Então, lentamente, os movimentos deles começaram a se abrandar, bem como a respiração, e aos poucos eu consegui me acalmar. A minha respiração voltou ao normal, ao seu ritmo lento e regular, e eu caí no sono com o meu corpo banhado de suor.

NA MANHÃ SEGUINTE EU FIZ O CAFÉ DA MANHÃ PARA O meu tio. Ele levantava os olhos para mim cada vez que eu lhe entregava um prato ou um copo de água, mas eu sempre virava o rosto em outra direção a fim de evitar o seu olhar. Eu esperei até que ele fosse embora, e então me ajoelhei, tirei meus sapatos de debaixo do sofá, coloquei-os nos pés e pus o meu vestido. Abri a minha pequena mala, dobrei minha camisola e a guardei dentro dela, depois pus sobre a camisola meu certificado de escola secundária e o meu certificado de mérito e fechei a mala. A esposa do meu tio estava cozinhando na cozinha, e Saadia, a criada, estava alimentando as crianças no quarto delas. Hala, a mais nova das minhas primas, apareceu nesse momento. Arregalando os olhos negros, ela ficou olhando para o meu vestido, os meus sapatos e a minha maleta. A menina ainda não havia aprendido a falar, e não era capaz de pronunciar o nome Firdaus, por isso ela costumava me chamar apenas de "Daus". Ela era a única das crianças que sorria para mim, e quando eu estava sozinha no cômodo ela se aproximava, pulava no sofá e dizia:

— Daus, Daus.

Eu acariciava o cabelo dela e respondia:

— Sim, Hala.

— Daus, Daus — a garotinha repetia, e ria, e então tentava me fazer brincar com ela. Mas nós logo ouvíamos a voz da sua mãe chamando por ela de algum lugar da casa, e a menininha pulava do sofá e saía caminhando com seus passinhos vacilantes.

Os olhos de Hala moviam-se o tempo todo: dos meus sapatos para o meu vestido, para a minha mala e assim por diante, continuamente. Ela estava segurando a bainha do meu vestido, e continuou dizendo:

— Daus, Daus.

— Eu vou voltar, Hala — sussurrei ao ouvido dela.

Mas ela não sossegava. Os dedos dela agarraram a minha mão, e ela continuou a repetir:

— Daus, Daus.

Dei a ela uma fotografia minha para mantê-la ocupada, abri a porta do apartamento, saí e então fechei a porta silenciosamente. Ouvi a voz dela chamando de detrás da porta:

— Daus, Daus.

Desci as escadas correndo, mas a voz dela continuou a ecoar nos meus ouvidos até que cheguei ao andar térreo e saí na direção da rua. Enquanto caminhava na calçada eu ainda podia ouvir a voz soando de algum lugar atrás de mim. Eu me virei, mas não consegui ver ninguém.

Andei pelas ruas da mesma maneira que já havia feito inúmeras vezes antes; porém dessa vez pareceu diferente, porque eu não tinha nenhum destino específico. Eu não sabia para onde meus passos estavam me levando — na verdade não fazia a menor ideia. Quando eu olhava para as ruas era como se eu as visse pela primeira vez. Um mundo novo se abria diante dos meus olhos, um mundo que antes não existia para mim. Talvez esse mundo tenha estado sempre ali, talvez tenha sempre existido, mas eu nunca o havia notado antes, jamais havia percebido que ele se encontrava ali o tempo todo. Como foi possível que eu estivesse cega à sua existência durante todos esses anos? Era como se agora um terceiro olho tivesse surgido de repente na minha cabeça. Eu podia ver multidões de pessoas se movendo num fluxo incessante pelas ruas, algumas se deslocando a pé e outras de carro ou de ônibus. Todas tinham pressa, passavam rápido, alheias ao que acontecia em volta delas. Ninguém me notou ali, eu era apenas mais um rosto na multidão. E porque eles não me notavam eu fui capaz de observá-los bem. Havia pessoas na rua que vestiam roupas surradas e rasgadas e sapatos gastos. Elas tinham rostos pálidos, e seus olhos não tinham brilho, resignados, e carregavam doses de tristeza e de preocupação. Mas as pessoas que transitavam dentro dos carros tinham ombros largos, carnudos, e suas bochechas eram cheias e redondas. Por trás das janelas elas espiavam com olhos desconfiados, incertos, furtivos, olhos preparados para o ataque e cheios de agressividade, e ainda assim dotados de um ar estranhamente servil. Eu não podia ver distintamente os rostos nem os olhos das pessoas que estavam dentro dos ônibus; enxergava apenas as suas cabeças e as suas costas comprimidas umas contra as outras, preenchendo todo o espaço do ônibus e se estendendo até os degraus e o teto. Quando o ônibus parava no ponto ou diminuía a velocidade eu podia vislumbrar os semblantes ressentidos brilhando de suor, e os olhos fundos expressando um certo medo.

Eu estava espantada com o enorme número de pessoas enchendo as ruas por todo lugar, mas fiquei ainda mais espantada ao ver o modo como elas se moviam — como criaturas cegas, que não eram capazes de ver a si mesmas nem aos outros. Meu espanto cresceu ainda mais quando subitamente eu me dei conta de que havia me tornado uma delas. Essa descoberta me trouxe a princípio a sensação de que havia algo de agradável nisso, mas durou pouco, como a surpresa de uma criança que abre os olhos pela primeira vez para perceber o mundo a sua volta, e logo em seguida cai num choro desesperado ao sentir que foi lançada num novo ambiente onde nunca havia estado antes.

Quando a noite caiu eu ainda não havia encontrado um lugar onde pudesse passar as longas horas até o amanhecer. Algo bem no fundo do meu ser parecia gritar de pânico. Eu estava agora completamente exausta, e a fome me martirizava. Parei e me encostei num muro, e fiquei assim por algum tempo, olhando ao meu redor. Eu podia ver a longa extensão de rua projetando-se diante de mim como o mar. E ali estava eu, uma simples pedra que alguém havia atirado nas suas águas, rolando junto com as multidões que se deslocavam em ônibus e carros, ou caminhavam pelas ruas, com olhos que não enxergavam, incapazes de prestar atenção em nada nem em ninguém. A todo instante milhares de olhos passavam bem diante de mim, mas para eles eu continuava não existindo.

Em meio à escuridão eu observei de repente dois olhos, ou mais exatamente os senti, movendo-se na minha direção muito devagar, cada vez mais perto. Eles se fixaram friamente nos meus sapatos, e se demoraram por um momento neles. Depois, gradualmente, começaram a subir pelas minhas pernas, e passaram pelas minhas coxas, meu ventre, meus seios, meu pescoço e por fim pararam, concentrando-se diretamente nos meus olhos, com o mesmo ar de frio interesse.

Um calafrio percorreu o meu corpo, como o medo da morte, ou como a morte propriamente dita. Enrijeci os músculos das costas e do rosto a fim de controlar o tremor e superar a sensação de terror que havia dominado todo o meu ser. Afinal de contas, eu não estava sendo ameaçada por uma mão que segurava uma faca ou uma navalha, mas apenas por dois olhos, nada mais do que dois olhos. Engoli em seco com dificuldade, e impulsionei uma perna para a frente. Consegui me mover alguns passos e me distanciar daqueles olhos, mas os senti colados às minhas costas, vigiando-me sem trégua. Notei uma pequena loja iluminada por uma luz forte, e apressei o passo na direção dela. Entrei na loja e me escondi no meio da pequena multidão. Momentos mais tarde eu saí do estabelecimento e corri os olhos pela rua, observando tudo a minha volta cautelosamente. Quando me certifiquei de que os olhos haviam desaparecido, eu comecei a correr pela calçada. Na minha mente só havia agora um pensamento: chegar à casa do meu tio o mais rápido possível.

EU NÃO SEI COMO CONSEGUI SUPORTAR A VIDA NA CASA do meu tio, nem me lembro como me tornei esposa de Sheik Mahmoud. Tudo o que sei é que qualquer coisa que eu tivesse de enfrentar no mundo seria menos assustadora do que a visão daqueles dois olhos — sempre que me lembrava deles eu sentia calafrios tenebrosos. Eu nem sabia de que cor eles eram, não fazia ideia se eram verdes, castanhos ou qualquer outra tonalidade. Também não conseguia me lembrar do seu formato, se eram olhos grandes e bem abertos ou se eram estreitos.

Porém, a qualquer hora que eu caminhasse na rua, fosse de dia, fosse de noite, eu olhava ao meu redor com atenção, como se esperasse que os dois olhos fossem aparecer de repente através de alguma abertura no chão e me confrontar.

Chegou enfim o dia em que eu parti da casa do meu tio e fui morar com Sheik Mahmoud. Agora eu dormia em uma cama confortável, não em um pequeno sofá. Contudo, assim que eu estendia o meu corpo na cama para descansar — exausta depois de cozinhar, lavar e limpar a grande casa com seus cômodos cheios de móveis —, Sheik Mahmoud aparecia ao meu lado. Ele já havia passado dos sessenta anos, enquanto eu não tinha ainda completado dezenove. No queixo dele, abaixo do lábio, havia um grande inchaço, com um buraco no meio. Alguns dias o buraco estava seco, mas em outros se transformava em uma velha torneira rubra que pingava continuamente gotas vermelhas como sangue, ou amareladas como pus.

Quando o buraco secava, eu permitia que ele me beijasse. Eu podia sentir o inchaço no meu rosto e nos meus lábios, era como uma pequena bolsa, ou uma bolsa de água, cheia de líquido engordurado acumulado. Nos dias em que o inchaço não estava seco, eu fugia dos seus beijos e virava o rosto para evitar o odor de cachorro morto que emanava dele.

À noite ele enroscava suas pernas e braços em volta de mim e percorria o meu corpo inteiro com suas mãos velhas e nodosas, como as garras de um homem faminto que, tendo sido privado de comida de verdade durante muitos anos, limpa todo o prato de comida sem deixar para trás nem uma mísera migalha.

Ele só conseguia ingerir uma quantidade limitada de comida. O inchaço em seu rosto interferia no movimento das suas mandíbulas, e seu estômago mirrado de idoso não suportava muita comida. Embora pudesse comer apenas pequenas quantidades, ele sempre limpava totalmente o prato, passando o pedaço de pão que segurava entre os dedos várias e várias vezes no fundo, para ter certeza de que não deixaria nada para trás. Sheik Mahmoud não tirava os olhos do meu prato enquanto eu comia, e se eu deixasse alguma sobra ele a recolhia, enfiava-a na boca e então a engolia, e na mesma hora me repreendia por desperdiçar comida. Na verdade eu não tinha o hábito de desperdiçar nada, e os únicos pedaços que eu deixava no prato eram as raras sobras que grudavam na superfície dele e só podiam ser removidas com água e sabão.

Quando ele tirava os braços e as pernas de cima de mim, eu saía cuidadosamente de debaixo dele e ia até o banheiro nas pontas dos pés. Lá eu lavava meticulosamente meu rosto e meus lábios, meus braços e coxas, e todas as partes do meu corpo, tomando cuidado para não deixar escapar o menor detalhe, e repetindo o processo várias vezes com água e sabonete.

Sheik Mahmoud era um homem aposentado, que não trabalhava e não tinha amigos. Ele nunca saía de casa; não ia nem mesmo a uma cafeteria, para não ser obrigado a gastar uns trocados numa xícara de café. Ele passava o dia inteiro ao meu lado na casa, na cozinha, vigiando-me enquanto eu cozinhava ou limpava. Se eu deixasse cair o pacote de sabão em pó e alguns grãos se espalhassem pelo chão, ele pulava da sua cadeira e reclamava da minha falta de cuidado. Se eu pressionasse a colher um pouco mais forte do que o habitual para retirar do pote a manteiga que eu usava para cozinhar, ele gritava comigo enraivecido e chamava a minha atenção para o fato de que o conteúdo do pote estava diminuindo muito mais rápido do que deveria. Quando o lixeiro aparecia para recolher o lixo, Sheik examinava a lata de resíduos com cuidado antes de colocá-la do lado de fora da casa. Certo dia ele descobriu algumas sobras de comida, migalhas, e começou a gritar comigo tão alto que todos os vizinhos puderam ouvir. Depois desse incidente ele desenvolveu o hábito de bater em mim, tivesse ou não motivo para isso.

Em certa ocasião ele me deu uma grande surra com seu sapato. Meu rosto e meu corpo ficaram inchados e cheios de contusões. Então eu fui embora de casa e procurei o meu tio. Mas o meu tio me disse que todos os maridos batiam nas suas mulheres, e a esposa do meu tio ainda comentou que ela mesma apanhava do seu marido com frequência. Eu respondi que meu tio era um xeique respeitado, bem versado nos ensinamentos da religião, e que, portanto, não era possível que ele tivesse o hábito de bater na sua mulher. Ele retrucou que eram justamente os homens versados na sua religião que batiam nas esposas. Os preceitos da religião permitiam tal punição. Uma mulher virtuosa não devia se queixar do marido. O dever dela era a perfeita obediência.

Eu fiquei perplexa, sem palavras para responder. Antes mesmo que a criada começasse a colocar o almoço na mesa, meu tio levou-me de volta para a casa do meu marido. Quando chegamos ele já havia almoçado sozinho. A noite caiu, mas ele não me perguntou se eu estava com fome. Jantou sozinho e em silêncio, sem me dirigir uma única palavra. Na manhã seguinte, preparei o café da manhã e ele se sentou em sua cadeira para comer, mas baixou a cabeça e evitou olhar para mim. Quando me sentei à mesa, ele levantou a cabeça e começou a olhar fixamente para o meu prato. Eu estava terrivelmente faminta e desesperada para comer alguma coisa — fosse o que fosse. Peguei uma porção de comida do prato e levantei a mão para levá-la à boca. Mas assim que fiz isso ele pulou da cadeira, aos gritos:

— Por que você voltou da casa do seu tio? Ele não aguentaria arcar com a sua alimentação por alguns dias? Agora você vai perceber que eu sou a única pessoa capaz de suportar você, e que sou o único que pode alimentá-la. Então por que você me evita? Por que se esquiva de mim e vira o seu rosto para não tocar no meu? Eu sou feio? Cheiro mal? Por que tenta manter distância de mim sempre que me aproximo de você?

Ele pulou em cima de mim como um cachorro louco. O buraco na protuberância em seu queixo estava soltando gotas de pus fedorento. Eu não me esquivei nem desviei o nariz dessa vez. Eu entreguei meu rosto ao rosto dele e meu corpo ao corpo dele, passivamente, sem a menor resistência, sem o menor movimento, como se a vida tivesse sido drenada de mim, como um pedaço de madeira podre ou um velho móvel sem uso largado num canto, ou um par de calçados esquecido debaixo de uma cadeira.

Um dia ele me bateu com a sua pesada bengala até que o sangue brotasse do meu nariz e dos meus ouvidos. Então eu saí da casa, mas dessa vez não fui procurar o meu tio. Perambulei pelas ruas com os olhos inchados, e com o rosto machucado, mas ninguém prestou atenção em mim. As pessoas passavam correndo, apressadas, dentro de carros e de ônibus, ou a pé. Era como se fossem cegas, incapazes de enxergar qualquer coisa. A rua era uma extensão infinita que se abria diante dos meus olhos como o mar. Eu não passava de uma pequena pedra lançada nesse mar, e empurrada pelas ondas, atirada de um lado para outro, rolando e rolando até enfim ser abandonada em algum lugar na praia.

Depois de algum tempo eu fiquei exausta de tanto caminhar, então me sentei para descansar em uma cadeira vazia que apareceu de repente na minha frente, na calçada. Um forte cheiro de café chegou até as minhas narinas. Percebi que a minha língua estava seca, e que eu estava faminta. Quando o garçom me abordou e perguntou o que eu desejava beber, implorei a ele que me trouxesse um copo de água.

Ele me olhou com cara de poucos amigos, e me disse que a cafeteria era para clientes e não para os passantes. Acrescentou que o mausoléu de Sayeda Zeinab ficava bem perto, e que lá eu poderia encontrar toda a água que eu quisesse. Ergui meus olhos para fitá-lo. Ele olhou para mim com atenção, e então me perguntou o que havia provocado tantos hematomas no meu rosto. Tentei dizer alguma coisa em resposta, mas não consegui articular as palavras; então eu escondi o rosto entre as mãos e chorei. Ele hesitou por um momento, depois se foi, e voltou em seguida trazendo-me um copo de água. Mas quando encostei o copo nos lábios e bebi, a água ficou retida na minha garganta, como se eu estivesse sufocando, e acabou escorrendo para fora da minha boca. Depois de algum tempo o proprietário da cafeteria se aproximou do lugar onde eu estava sentada e perguntou qual era o meu nome.

— Firdaus — eu disse.

— O que são todos esses machucados no seu rosto? — ele prosseguiu. — Alguém bateu em você?

Mais uma vez eu tentei explicar, mas engasguei novamente. Eu respirava com dificuldade, e continuava engolindo minhas lágrimas. Ele disse:

— Fique aqui e descanse um pouco. Vou lhe trazer uma xícara de chá quente. Está com fome?

Durante o tempo todo eu mantive meus olhos voltados para o chão, e não os ergui para olhar para o homem nem uma vez. A voz dele era baixa, e por ser ligeiramente rouca lembrava a do meu pai. Depois que o meu pai comia a sua refeição, e batia na minha mãe, ele se acalmava e me perguntava: "Você está com fome?".

Pela primeira vez na vida eu senti subitamente que meu pai tinha sido um bom homem, que eu sentia falta dele, e bem lá no fundo eu o havia amado sem realmente saber disso.

O homem voltou a me dirigir a palavra:

— Seu pai está vivo?

— Não, ele morreu — respondi, e pela primeira vez chorei ao me deparar com o fato de que meu pai estava morto. O homem bateu de leve no meu ombro num gesto de consolo.

— Todas as pessoas morrem um dia, Firdaus — ele disse. — E quanto à sua mãe? Ela está viva?

— Não, também não está.

— Você não tem família nenhuma? — ele insistiu. — Um irmão, ou talvez ou um tio ou algo assim?

— Não — eu repeti, balançando a cabeça. Então abri rapidamente a minha pequena mala. — Eu tenho um certificado de conclusão do ensino médio. Talvez eu possa encontrar um emprego com esse certificado, ou com o meu certificado de conclusão do ensino fundamental. Mas se for necessário, estou preparada para fazer qualquer coisa, até o tipo de trabalho que não exige certificados.

O nome do homem era Bayoumi. Quando ergui os olhos para ver o rosto dele, eu não senti medo. O nariz dele era parecido com o do meu pai. Era grande e redondo, e ele tinha a mesma cor de pele morena. Os olhos dele eram pacíficos e tranquilos. Não pareciam olhos de uma pessoa que seria capaz de matar. As mãos dele se mostravam dóceis, quase submissas; seus movimentos eram brandos, relaxados. Não pareciam de maneira alguma as mãos de alguém que pudesse ser violento ou cruel. Ele me disse que o lugar onde morava tinha dois quartos e que eu poderia ficar em um deles até encontrar trabalho.

No caminho até a sua casa, ele parou na frente de uma barraca de frutas.

— Você prefere laranjas ou tangerinas?

Tentei responder, mas a minha voz me falhou. Era a primeira vez que alguém me perguntava se eu preferia laranjas ou tangerinas. Meu pai nunca comprou frutas para nós. Meu tio e o meu marido costumavam comprar frutas, mas jamais me perguntavam qual eu preferia. Na verdade, eu mesma nunca havia parado para pensar se gostava mais de tangerinas ou de laranjas.

— Prefere laranjas ou tangerinas? — ele repetiu a pergunta.

— Tangerinas — respondi. Depois que ele as comprou, porém, eu percebi que gostava mais de laranjas; mas não tive coragem de dizer isso, porque as tangerinas eram mais baratas.

Bayoumi tinha um pequeno apartamento de dois quartos numa rua estreita. Do apartamento era possível ver o mercado de peixes na rua logo abaixo. Eu costumava varrer e limpar os cômodos, e também comprava peixe no mercado abaixo de nós, ou coelho ou outras carnes e cozinhava para ele. Ele trabalhava o dia inteiro na cafeteria sem comer, e quando voltava para casa no final do dia ele comia uma grande refeição, e depois ia dormir no quarto dele. Eu costumava dormir no segundo quarto, deitada no chão, com um colchão sob o meu corpo.

Na primeira vez que fui para casa com ele era inverno e a noite estava fria. E ele me disse:

— Você fica com a cama, e eu vou dormir no chão.

Mas eu recusei. Então me deitei no chão e comecei a adormecer. Mas ele foi até mim, pegou-me pelo braço e me levou para a cama. Caminhei ao lado dele de cabeça baixa. Estava tão embaraçada que tropecei várias vezes. Nunca antes na minha vida alguém havia priorizado as minhas necessidades. No inverno o meu pai costumava ocupar o cômodo mais quente da nossa casa, onde ficava o forno, e me deixava no quarto mais frio. O meu tio ficava com a cama, enquanto eu dormia num sofá pequeno. Tempos depois, quando me casei, o meu marido comia duas vezes mais do que eu, e ainda assim os olhos dele nunca desgrudavam do meu prato.

Fiquei de pé por alguns instantes ao lado da cama e murmurei:

— Mas eu não posso dormir na cama.

— Não vou deixar que você durma no chão — ele insistiu.

Eu continuava com a cabeça abaixada, voltada para o chão. Ele manteve a mão fechada em torno do meu braço. Eu podia ver que era uma mão grande e com dedos longos, como as mãos do meu tio; e agora as mãos dele estavam tremendo como as do meu tio tremiam quando ele me tocava. Então eu fechei os olhos.

Senti o súbito toque dele, como um sonho resgatado do passado mais distante, ou como uma das primeiras lembranças da vida. Meu corpo pulsava com um prazer obscuro, ou com uma dor que não era realmente dor, mas sim prazer, um prazer que eu nunca havia conhecido antes, que eu havia experimentado em outra vida que não era a minha vida, ou em outro corpo que não era o meu corpo.

Acabei dormindo na cama dele durante o inverno e o verão seguinte. Bayoumi nunca levantava a mão para me bater, e nunca olhava para o meu prato enquanto eu comia. Quando cozinhava peixe, eu costumava deixar praticamente tudo para ele, e separava para mim apenas a cabeça ou o rabo. E quando cozinhava coelho, deixava quase todo o coelho para ele, e me contentava em mordiscar a cabeça. Eu sempre deixava a mesa sem satisfazer a minha fome. A caminho do mercado, eu seguia com os olhos as estudantes que andavam pela rua, e me lembrava de que tempos atrás eu havia sido uma delas e tinha obtido um certificado de conclusão do ensino médio. Certo dia eu parei bem na frente de um grupo de alunas e fiquei olhando para elas. Elas me fitaram de cima a baixo com desprezo, porque um forte cheiro de peixe exalava das minhas roupas. Expliquei a elas que eu havia recebido um certificado de ensino médio. As garotas começaram a zombar de mim, e eu ouvi uma delas sussurrando ao ouvido de uma amiga:

— Ela deve ser louca. Percebe que ela está falando sozinha?

Mas eu não estava falando sozinha. Estava apenas dizendo a elas que possuía um certificado de conclusão do ensino médio.

Nessa noite, quando Bayoumi voltou para casa, resolvi falar com ele.

— Tenho um certificado de conclusão do ensino médio, e quero trabalhar.

— Todos os dias a cafeteria fica repleta de jovens à procura de trabalho, e todos têm diploma universitário — ele respondeu.

— Mas eu preciso trabalhar. Não posso continuar assim.

— Não pode continuar assim? — ele disse sem olhar para mim. — O que quer dizer com isso?

— Não posso continuar morando na sua casa — respondi gaguejando. — Sou uma mulher, e você é um homem, e as pessoas estão comentando. Além do mais, você me prometeu que eu ficaria aqui só até conseguir me arranjar trabalho.

— E quer que eu faça o quê? Que implore aos céus para que intercedam por você? — Bayoumi retrucou, zangado.

— Você fica ocupado o dia inteiro trabalhando na cafeteria, e nem mesmo tentou me conseguir um emprego. Eu vou sair agora para procurar trabalho eu mesma.

Eu estava falando em voz baixa, respeitosa, e mantive sempre os olhos voltados para o chão, mas ele avançou e me deu um tapa no rosto.

— Como se atreve a levantar a voz para falar comigo?! Como se atreve, sua mendiga, sua mulher ordinária?

A mão dele era grande e forte, e foi o tapa mais violento que já me acertaram no rosto. Minha cabeça balançou para um lado e depois para o outro. As paredes e o chão começaram a girar bruscamente. Segurei a cabeça entre as mãos até que parassem de girar, então olhei para cima, e os meus olhos encontraram os dele.

Era como se eu estivesse vendo pela primeira vez aqueles olhos que agora me confrontavam. Duas superfícies muito escuras que me encararam bem dentro dos olhos, e então, num movimento infinitamente lento, se deslocaram para o meu rosto, e o meu pescoço, desceram para os meus seios, e depois para o meu ventre, até enfim se fixarem num ponto logo abaixo do ventre, entre as minhas coxas. Um terrível calafrio, como o arrepio da morte, atravessou o meu corpo de alto a baixo, e eu abaixei instintivamente as mãos para cobrir a região sobre a qual o olhar dele se fixava, mas as suas mãos grandes e fortes afastaram as minhas num movimento rápido. Logo em seguida ele me desferiu um soco tão forte no estômago que eu perdi a consciência imediatamente.

Bayoumi passou a me trancar dentro do apartamento antes de sair. Eu dormia no chão do outro quarto. Ele retornava no meio da noite, afastava as minhas cobertas, batia no meu rosto e então jogava em cima de mim todo o peso do seu corpo. Eu ficava de olhos fechados e abandonava o meu corpo. E o meu corpo ficava ali debaixo do dele, sem movimento, completamente desprovido de desejo ou de prazer, ou mesmo de dor, sem sentir coisa alguma. Um cadáver inerte, sem sinal de vida, como um pedaço de madeira, ou uma meia velha, ou um sapato qualquer. Até que uma noite eu tive a impressão de que o corpo dele estava mais pesado do que antes, e o odor do seu hálito era diferente. Então eu abri os olhos. O rosto da pessoa que estava em cima de mim não era o de Bayoumi.

— Quem é você? — perguntei.

— Bayoumi — ele respondeu.

— Você não é Bayoumi — retruquei. — Quem é você?

— Mas que importância tem isso? Bayoumi e eu somos um. Diga-me: você está gostando?

— O que foi que disse? — eu quis saber.

— Você está gostando? — ele repetiu.

Tive medo de revelar que não estava sentindo nada, por isso fechei os olhos mais uma vez e disse o que ele queria ouvir:

— Sim.

Ele afundou os dentes no meu ombro, no meu braço, mordeu várias vezes os meus seios, e então eu senti a sua boca sobre o meu ventre. Enquanto me mordia ele não parava de repetir: "Puta, vadia." Então começou a insultar a minha mãe, com palavras que não consegui entender. Mais tarde, quando tentei pronunciá-las, não fui capaz. Mas depois dessa noite eu escutei essas palavras com frequência da boca de Bayoumi e dos amigos de Bayoumi. Por isso acabei me acostumando com o som delas, e aprendi a usá-las eu mesma em certas ocasiões, quando tentava abrir a porta do apartamento e a encontrava trancada. Eu batia na porta e gritava: "Bayoumi, seu filho da...", chegando bem perto de insultar a mãe dele como ele fizera com a minha. Mas me continha e controlava a língua, porque me dava conta de que isso seria errado. Então eu resolvi xingar o pai dele e deixar sua mãe em paz.

  Certo dia, uma vizinha olhou através de uma fenda na porta e me viu chorando. Ela me perguntou o que havia de errado, e eu lhe contei. Ela começou a chorar comigo e sugeriu que nós chamássemos a polícia. Mas a palavra polícia me assustava. Em vez disso, pedi a ela que trouxesse um carpinteiro. Depois de algum tempo, o carpinteiro apareceu e forçou a porta até arrombá-la. Eu saí correndo da casa de Bayoumi em direção à rua. A rua havia se tornado o único lugar seguro para mim, no qual eu poderia escapar com todas as minhas forças e buscar refúgio. Enquanto corria, eu olhava para trás uma vez ou outra para ter certeza de que Bayoumi não estava me seguindo. E sempre que constatava que o rosto dele não estava visível em lugar nenhum, eu acelerava o passo, correndo o mais rápido que podia.

NO FINAL DO DIA EU ESTAVA CAMINHANDO A ESMO POR uma rua qualquer, numa região que eu não conhecia. Era uma rua limpa, bem pavimentada, que se estendia ao longo de uma margem do rio Nilo e possuía árvores altas em ambos os lados. As casas eram rodeadas por cercas e jardins. O ar que entrava nos meus pulmões era puro e sem poeira. Vi um banco de pedra voltado para o rio. Sentei-me nele, e levantei o rosto para sentir a brisa refrescante. Eu mal havia fechado os olhos para descansar quando ouvi uma voz de mulher.

— Qual é o seu nome? — ela perguntou.

Abri os olhos e deparei com uma mulher sentada ao meu lado. Ela estava vestindo um xale verde, e havia maquiagem verde em seus olhos. As pupilas negras no centro dos olhos dela pareciam se tornar verdes, um poderoso tom escuro esverdeado, como as árvores na margem do Nilo. As águas do rio refletiam o verde das árvores, e corriam tão verdes quanto os olhos dessa mulher. O céu sobre as nossas cabeças era muito azul, perfeitamente azul, mas as cores se misturavam e tudo ao redor irradiava aquela luz verde líquida que me circundava, envolvendo-me completamente, de tal maneira que eu me senti afundar aos poucos dentro dela.

Foi estranha essa sensação de afundar em verde-escuro, num verde-escuro com densidade própria, com consistência própria, como a sensação da água no mar. Um mar no qual eu estava dormindo, e sonhando, no qual eu estava submergindo enquanto dormia e sonhava, no qual eu submergia pouco a pouco sem me molhar, afundava pouco a pouco sem me afogar. Tive a sensação de estar deitada no fundo dessas águas num dado momento, e de que havia sido totalmente engolida, e no momento seguinte era carregada para cima gentilmente, flutuando cada vez mais alto de volta à superfície, sem nenhum movimento de braços ou de pernas.

Senti as pálpebras pesadas, como se estivesse a ponto de adormecer, mas a voz dela ecoou mais uma vez em meus ouvidos. Era uma voz aveludada, tão suave que parecia quase sonolenta.

— Você está cansada — ela disse.

— Sim — respondi, lutando para manter os olhos abertos.

O verde dos olhos dela se tornou ainda mais intenso.

— O que foi que o canalha miserável fez a você? — ela perguntou.

Eu tive um sobressalto, como alguém que está dormindo e acorda de repente.

— De quem você está falando? — eu quis saber.

Ela ajeitou o xale em torno dos ombros, fechando-o mais um pouco, bocejou e continuou a falar no mesmo tom de voz manso:

— De qualquer um deles, não faz nenhuma diferença. São todos iguais, todos uns canalhas imprestáveis, andando por aí com os nomes mais variados. Mahmoud, Hassanein, Fawzy, Sabri, Ibrahim, Awadain, Bayoumi.

— Bayoumi? — eu a interrompi, engasgando.

Ela riu alto, e quando fez isso eu pude ver seus dentes: uma fileira de dentes pequenos, brancos e pontiagudos, com um dente de ouro bem no meio.

— Eu conheço todos eles. Qual deles começou a maltratar você? Seu pai, seu irmão... um dos seus tios?

Dessa vez eu levei um enorme susto e quase pulei do banco de pedra.

— Meu tio — respondi em voz baixa.

Ela riu novamente e jogou o xale verde para trás, sobre um dos ombros.

— E o que foi que Bayoumi fez a você? — Ela ficou em silêncio por um instante, e então acrescentou: — Você não me disse o seu nome. Qual é o seu nome?

— Firdaus. E o seu? Quem é você? — perguntei.

Ela endireitou as costas e o pescoço, empertigando-se com um movimento cheio de estranho orgulho.

— Eu sou Sharifa Salah el Dine. Todos me conhecem.

Quando estávamos a caminho do apartamento dela eu falei o tempo todo, descrevendo as coisas que me aconteceram. Nós saímos da calçada que se estendia ao longo do rio e entramos em uma pequena rua lateral, e depois de alguns momentos paramos diante de um grande prédio de apartamentos. Estremeci quando o elevador começou a se mover e me transportar para cima. Ela tirou uma chave da sua bolsa, e no instante seguinte eu entrei num apartamento impecável, com piso acarpetado e uma espaçosa sacada com vista para o Nilo. Ela me levou até o banheiro e me mostrou como abrir e fechar as torneiras de água fria e quente, para que eu pudesse tomar um banho, e me deu algumas das suas roupas. Eram roupas leves, maleáveis, com um delicioso cheiro de perfume, e seus dedos também se mostraram bem leves quando ela penteou o meu cabelo e ajeitou o colarinho do meu vestido em torno do pescoço. Tudo o que me cercava parecia ter essa característica de leveza. Fechei os olhos e me deixei levar pela suavidade das coisas. Era como se agora eu tivesse o corpo de um bebê recém-nascido, leve e macio como tudo o mais no apartamento.

Quando abri os olhos e me olhei no espelho eu percebi que estava nascendo outra vez, com um novo corpo, macio e delicado como uma pétala de rosa. Minhas roupas não estavam mais sujas nem em frangalhos; agora eram limpas e sedosas. A casa toda brilhava de tão limpa. Até o ar era limpo. Respirei fundo para encher meus pulmões com esse ar puro. Eu me virei e olhei para Sharifa. Ela estava em pé perto de mim, observando-me, e de seus olhos emanava uma forte luz verde, a cor das árvores, e do céu, e das águas do Nilo. Eu me deixei levar pelo encanto dos olhos de Sharifa, pus meus braços em torno dela e sussurrei:

— Quem é você?

— Sou a sua mãe — ela respondeu.

— A minha mãe morreu muitos anos atrás.

— Então sou a sua irmã.

— Eu não tenho irmã nem irmão. Todos eles morreram quando eram crianças, como pintinhos.

— A morte chega para todos, Firdaus. Eu vou morrer, e você também. O que importa é como se leva a vida até o momento da morte.

— Mas como é possível levar a vida? Viver é duro demais.

— Você deve ser mais dura que a vida, Firdaus. A vida é muito dura. As únicas pessoas que realmente vivem são as que conseguem ser mais duras que a vida.

— Mas você não é dura, Sharifa. Então como consegue viver?

— Eu sou dura, Firdaus, sou terrivelmente dura.

— Não. Você é gentil e delicada.

— Minha pele é delicada, mas o meu coração é cruel, e a minha mordida é fatal.

— Como uma cobra?

— Sim, exatamente como uma cobra. A vida é uma cobra. É a mais pura verdade, Firdaus. Se a cobra perceber que você não é uma cobra, vai morder você. E se a vida perceber que você não tem veneno, vai devorar você.

EU ME TORNEI UMA JOVEM PRINCIPIANTE NAS MÃOS DE Sharifa. Ela abriu os meus olhos para a vida, para os acontecimentos do meu passado, da minha infância, que se mantiveram ocultos na minha mente. Ela sondou e iluminou as áreas mais obscuras de mim mesma, características invisíveis do meu rosto e do meu corpo, levando-me a tomar consciência delas, compreendê-las, vê-las pela primeira vez.

Eu descobri que tinha olhos negros, com um brilho que atraía outros olhos como um ímã, e que o meu nariz não era grande nem redondo, mas sim bem-proporcionado e harmonioso, um traço cheio de paixão que pode se transformar em desejo carnal. O meu corpo era esguio, minhas coxas eram firmes, repletas de músculos, e poderiam se tornar ainda mais rijas. Eu percebi que não havia odiado a minha mãe, nem amado o meu tio, e também que não cheguei a conhecer Bayoumi de fato, nem ele nem nenhum outro homem que pertencia à sua quadrilha.

Sharifa me disse certo dia:

— Nem Bayoumi nem nenhum dos amigos dele percebeu o seu valor, porque você não conseguiu se valorizar o suficiente. Um homem não conhece o valor de uma mulher, Firdaus. A mulher é a única que determina o seu próprio valor. Você decide o quanto vale, e quanto mais alto for esse valor, esse preço, mais os homens entenderão que você é realmente preciosa, e concordarão em usar os recursos que possuem para pagarem o que você vale. E se o homem não tiver esses recursos, esses meios, ele irá roubar de alguém para dar o que você exige.

— Acha que eu tenho mesmo algum valor, Sharifa? — perguntei, tomada pela curiosidade.

— Você é linda e tem cultura.

— Cultura? — repeti. — Tudo o que eu tenho é um certificado de conclusão do ensino médio.

— Você se subestima demais, Firdaus. Eu obtive apenas um certificado de ensino fundamental e não fui além disso.

— E você tem um preço? — perguntei com cautela.

— Claro que tenho. Ninguém põe um dedo em mim sem me pagar um preço bem alto. Você é mais jovem que eu e tem mais cultura, e não deveria deixar ninguém tocar em você sem lhe pagar o dobro do que me pagam.

— Mas eu não poderia pedir nada de um homem.

— Você não precisará pedir. Esse não é o seu trabalho. É o meu.

PODE O NILO MUDAR? E O CÉU, E AS ÁRVORES, PODEM MU-dar? Eu mudei, então por que não o Nilo e a cor das árvores? Quando eu abria a janela todas as manhãs eu via o Nilo seguir seu curso, contemplava o verde das suas águas, e das árvores, a vívida luz verde na qual tudo parecia se banhar, e sentia o poder da vida, do meu corpo, do sangue quente que corria nas minhas veias. Meu corpo se deliciava com um calor tão agradável quanto o toque das roupas de seda que eu vestia, ou dos lençóis de seda em que eu dormia. Meu nariz se deliciava com a fragrância de rosas que se espalhava através dos espaços abertos. Eu me permiti mergulhar nessa sensação de calor e de suavidade, mergulhar no perfume de delicadas rosas, e saborear o conforto dos lençóis de seda enquanto esticava as minhas pernas, e do travesseiro macio sob a minha cabeça. Eu bebia da suavidade como se fosse um líquido, através do meu nariz, da minha boca, dos meus ouvidos, através de cada poro do meu corpo, com uma sede que parecia não ter fim.

À noite, raios de lua jorravam sobre mim, brancos e suaves, como os dedos sedosos do homem deitado ao meu lado. As unhas dele também eram brancas e limpas; não lembravam em nada as unhas de Bayoumi, que eram negras como a noite, nem as unhas do meu tio, cujas bordas estavam sempre sujas. Eu fechava os olhos e deixava o meu corpo se banhar na luz prateada, deixava os dedos sedosos tocarem o meu rosto e os meus lábios, e descerem até o meu pescoço, e se perderem entre os meus seios.

Eu os mantinha entre os meus seios por algum tempo, acalentando-os, deixava que eles escorregassem pelo meu ventre, e então que descessem mais ainda, até a região entre as minhas coxas. Em algum lugar do meu corpo eu podia sentir bem vagamente um estranho estremecimento. A princípio parecia ser prazer, um prazer próximo da dor. E terminava como dor, uma dor que transmitia a sensação de prazer. Essa sensação pertencia a um passado distante, e de alguma maneira havia me acompanhado desde o início. Eu a havia experimentado muito tempo atrás, mas a acabei esquecendo com o tempo. De qualquer maneira, ela parecia remontar a um tempo ainda anterior à minha vida, a um momento anterior ao meu nascimento, como uma coisa que surgiu junto com uma ferida muito antiga, num órgão que já não era mais meu, no corpo de uma mulher que já não era mais eu.

Certa vez eu perguntei a Sharifa:

— Por que eu não sinto nada?

— É trabalho, Firdaus, nada além de trabalho. Não misture sentimentos com trabalho.

— Mas eu quero sentir, Sharifa!

— Sentimentos não vão lhe trazer nada a não ser dor.

— Mas não há prazer nenhum para mim? Nem mesmo um pequeno prazer?

Ela começou a gargalhar. Eu podia ver seus dentes brancos, pequenos e pontiagudos, com o dente de ouro no meio. Subitamente ela parou de rir e olhou para mim com expressão séria.

— Você não sente prazer quando come frango assado com arroz, Firdaus? — Sharifa disse. — Não lhe dá prazer vestir essas roupas macias e sedosas? Não sente prazer vivendo nessa casa bela, quente e limpa, com janelas que dão vista para o Nilo? Você não sente prazer quando abre a janela todas as manhãs e olha para o rio Nilo, e para o céu, e para as árvores? Tudo isso ainda não é suficiente para você? Do que mais você precisaria para ser feliz?

Não era por ganância que eu ansiava por outras coisas. Certa manhã eu abri a minha janela, como fazia sempre, mas o rio Nilo não estava mais lá. Eu sabia que o Nilo estava no mesmo lugar, que suas águas estavam ali, como sempre, correndo diante dos meus olhos, mas eu não podia mais vê-las. Como se o olho humano fosse incapaz de ver o que está em seu raio de alcance. Os perfumes que estavam em toda parte ao redor de mim, ao alcance do meu olfato, tinham desaparecido também. Eu era incapaz de detectar a fragrância deles, como se o meu nariz, à semelhança do que havia acontecido com os meus olhos, não pudesse mais identificar coisas que se encontravam bem diante dele. A maciez, a seda, a cama confortável — todas as coisas que eu sabia que estavam lá já não existiam para mim.

Eu não costumava sair da casa. Na verdade eu nem mesmo saía do quarto. Ficava deitada dia e noite na cama, aflita, e de hora em hora um homem aparecia. Havia tantos deles. Não era possível que houvesse tantos. Porque eram todos casados, todos tinham educação, todos carregavam malas de couro volumosas, e volumosas carteiras de couro nos bolsos. Suas barrigas volumosas pendiam moles devido ao excesso de comida, e eles suavam fartamente, enchendo as minhas narinas com um cheiro fétido, como o de água estagnada, como se essa água tivesse ficado dentro desses corpos por um longo tempo. Eu afastava o meu rosto, mas eles insistiam em puxá-lo de volta, insistiam em afundar o meu nariz no cheiro dos seus corpos. Eles enfiavam as suas longas unhas na minha carne e eu cerrava os lábios com força, tentando reprimir qualquer manifestação de dor, tentando não gritar. Apesar dos meus esforços, porém, meus lábios acabavam se abrindo e deixavam escapar um gemido baixo, abafado. Muitas vezes os homens escutavam esse gemido e sussurravam estupidamente na minha orelha:

— Você está gostando?

Quando os homens me perguntavam isso, eu franzia os lábios e me preparava para cuspir neles bem no rosto, mas eles começavam a mordiscar meus lábios. Eu podia sentir a saliva grossa deles entre os meus lábios, e então empurrava a coisa com a língua e a mandava de volta para a boca do seu dono.

De todos esses homens apenas um não era estúpido e não me perguntava se eu estava gostando. Em vez disso ele perguntou:

— Você está sentindo alguma dor?
— Sim — respondi.
— Qual é o seu nome?
— Firdaus. E o seu?
— Eu sou Fawzy.
— Como você percebeu que eu senti dor?
— Porque eu sinto você.
— Você me sente? — exclamei com espanto.
— Sim — ele disse. — E você? Você se importa comigo?
— Eu não sinto nada.

— Por quê?

— Não sei. Sharifa me disse que trabalho é trabalho, e que sentimentos não são bem-vindos quando tratamos de negócios.

Ele deu uma risadinha e beijou meus lábios.

— Sharifa está enganando você, e ganhando dinheiro à sua custa, e tudo o que você recebe em troca é dor.

Eu chorei. Ele enxugou as minhas lágrimas e me envolveu em seus braços. Fechei os olhos e ele beijou delicadamente as minhas pálpebras. E eu o ouvi sussurrar:

— Você quer dormir?

— Sim.

— Então durma nos meus braços.

— Mas e se Sharifa não gostar?

— Não precisa ter medo de Sharifa.

— E você? Você não tem medo dela?

Ele deu outra das suas risadas breves.

— Ela é que tem medo de mim — ele disse.

Eu ainda estava dormindo na minha cama, com os olhos fechados, quando ouvi vozes distantes, vindas do outro lado da parede que separava o quarto de Sharifa do meu. Eu podia ouvi-la conversando com um homem cuja voz me parecia familiar.

— Você vai levá-la embora, vai tirá-la de mim?

— Vou me casar com ela, Sharifa.

— Não, não você. Você não é do tipo que se casa.

— Está tudo terminado. Agora eu sou mais velho e quero um filho.

— Para que ele possa herdar a sua fortuna?

— Não tente ser sarcástica comigo, Sharifa. Eu poderia ter me tornado um milionário se quisesse, mas sou um homem que aproveita os prazeres da vida. Eu ganho dinheiro para gastá-lo. Recuso-me a ser um escravo, seja do dinheiro, seja do amor.

— Você a ama, Fawzy?

— Será que sou capaz de amar? Você me disse uma vez que eu tinha perdido a capacidade de amar.

— Você não a ama, e também não vai se casar com ela. Tudo o que você quer fazer é tirá-la de mim, assim como já fez antes, quando me tirou Camelia.

— Camelia escolheu ir comigo.

— Ela se apaixonou por você, não é mesmo?

— Bem, as mulheres me amam. Por acaso isso é minha culpa?

— Triste sina para uma mulher se apaixonar por você, Fawzy.

— Não se eu estiver também apaixonado por ela.

— E você pode amar uma mulher?

— Às vezes me apaixono. Isso acontece.

— Você chegou a me amar?

— Lá vem você. Vamos desenterrar esse assunto de novo? Eu não tenho tempo a perder, como você sabe, e vou levar Firdaus comigo.

— Você não vai levá-la embora daqui.

— Vou levá-la, já disse.

— Está me ameaçando, Fawzy? Eu não tenho mais medo das suas ameaças. Não pode mandar a polícia vir atrás de mim. Tenho mais amigos e contatos na polícia do que você.

— E desde quando eu peço socorro à polícia para resolver meus assuntos? Só um homem fraco precisa fazer isso. Você acha que eu sou um homem fraco, Sharifa?

— O que você quer dizer com isso?

— Sabe o que eu quero dizer.

— Vai bater em mim? É isso?

— Já faz muito tempo que eu não bato em você. Parece que você está querendo muito levar uns bons tapas.

— Se me bater eu vou revidar, Fawzy.

— Tudo bem. Vamos ver qual de nós dois é o mais forte.

— Se encostar um dedo que seja em mim, Shawki vai lhe dar uma lição.

— Quem diabos é esse tal de Shawki? Você arranjou outro homem? Está apaixonada por outro? Como se atreve?

Não consegui ouvir a resposta de Sharifa através da parede. Talvez ela tenha respondido com voz tão baixa que não chegou até mim. Ou Fawzy pode ter tapado a sua boca com a mão antes que ela conseguisse dizer mais alguma coisa. Porque eu escutei o que me pareceu ser o som de uma mão chocando-se com uma boca, seguido por outro som muito parecido com o de uma mão estapeando um rosto. Seguiu-se então uma série de ruídos abafados. De qualquer modo, eu não fui capaz de discernir os sons; não poderia dizer com certeza se eram leves tapas no rosto ou beijos violentos. Depois de alguns momentos, porém, escutei Sharifa protestando:

— Não, Fawzy, não!

— Não? Não o quê, sua vagabunda?

A cama rangeu debaixo deles, e então eu ouvi novamente a voz de Sharifa entremeada de engasgos e com o mesmo tom de protesto:

— Não, Fawzy... Pela honra do Profeta, não! Não faça isso, não faça!!!

A voz abafada dele voltou a atravessar as paredes, zangada e ofegante.

— Com mil demônios, mulher! Não fazer o quê? E por que está falando no Profeta? E quem é esse Shawki? Vou cortar a garganta dele.

A cama rangeu ainda mais alto sob o peso dos dois corpos, abraçados um ao outro, lutando um com o outro, alternadamente encostando-se e separando-se num movimento contínuo que logo se transformou num ímpeto estranhamente rápido, quase louco, fazendo a cama balançar debaixo deles violentamente enquanto ambos resfolegavam como dois animais selvagens. O chão pareceu balançar. E a parede também. Até a cama na qual eu estava deitada aderiu ao ritmo frenético e começou a balançar.

O violento tremor me atingiu em cheio. Foi como se subitamente eu tomasse consciência do que estava acontecendo ao meu redor. Vi o rosto de Fawzy tomar forma diante de mim, como num sonho, e ouvi a voz dele ecoando nos meus ouvidos novamente:

— Sharifa está enganando você, ganhando dinheiro à sua custa.

E depois eu ouvi a voz de Sharifa repetindo:

— Se bater em mim, Fawzy, eu vou revidar.

Eu abri os olhos. Meu corpo estava estendido na cama sem homem nenhum ao meu lado, e o quarto estava vazio e às escuras. Eu caminhei na ponta dos pés até o quarto de Sharifa, e a vi deitada na cama, nua, com Fawzy ao seu lado. Voltei para o meu quarto na ponta dos pés, vesti a primeira roupa que encontrei pela frente, peguei minha pequena mala e desci correndo as escadas em direção à rua.

ERA NOITE, UMA NOITE SEM LUA, ESCURA COMO BREU. Uma noite de inverno cruelmente fria. Não se via ninguém nas ruas da cidade completamente desertas, e as janelas e portas das casas estavam todas bem fechadas para evitar a passagem do mais leve sopro de ar. E lá estava eu, caminhando sob aquele frio, usando um vestido fino, quase transparente, e ainda assim isso não me afetava. A escuridão me cercava por todos os lados, e eu não tinha aonde ir, mas já não sentia medo. Nada nas ruas poderia me assustar, não mais, e nem o vento mais frio poderia ferir o meu corpo. Será que o meu corpo havia mudado? Será que eu havia sido transportada para o corpo de outra mulher? E para onde tinha ido meu corpo, meu corpo original?

Comecei a examinar os dedos das minhas mãos. Os dedos eram meus, os genuínos; eles não haviam mudado. Dedos longos e delgados. Um dos homens disse uma vez que nunca havia visto em sua vida dedos como os meus. Disse que pareciam fortes e espertos. E que possuíam uma linguagem própria. Disse também que quando beijava os meus dedos eles pareciam falar com ele com uma voz que ele quase podia ouvir.

Eu ri e aproximei meus dedos dos meus ouvidos, mas não consegui escutar nada. Ri novamente, e dessa vez minha risada ecoou nos meus ouvidos. Fiquei surpresa por ouvir minha própria risada em meio à noite silenciosa. Olhei ao meu redor com cautela, temendo que alguém me flagrasse rindo sozinha e me levasse para o Hospital Abbasseya para doentes mentais. A princípio eu não pude ver nada, mas instantes depois notei que um policial se aproximava de mim na escuridão. Ele chegou perto e me pegou pelo braço.

— Para onde você está indo? — o policial perguntou.
— Não sei.

— Por que não vem comigo?
— Ir para que lugar?
— Para a minha casa.
— Não... Eu não confio mais em homem nenhum.

Eu abri a minha mala e mostrei a ele o meu certificado de conclusão do ensino médio. Disse-lhe que estava procurando um emprego com esse certificado, ou até mesmo com o meu certificado de ensino fundamental. E acrescentei que se não conseguisse encontrar algum emprego com os certificados, eu estava preparada para fazer qualquer trabalho.

— Eu vou pagar a você — ele disse. — Não pense que não vou pagar nada pelos seus favores. Não sou como os outros policiais. Quanto você quer?

— Quanto eu quero? Não sei.

— Não faça joguinhos comigo, e não tente pechinchar comigo também, se não quiser que eu a leve para a delegacia de polícia.

— Mas por quê? Eu não fiz nada.

— Você é uma prostituta, e é meu dever prender você e outras mulheres como você. Para limpar a cidade e proteger as famílias respeitáveis. Mas eu não quero usar a força. Talvez nós possamos nos entender com tranquilidade, sem fazer estardalhaço. Eu darei a você uma libra. Uma libra inteirinha. O que me diz disso?

Eu sacudi o meu braço para tentar me soltar dele, mas ele me segurou com firmeza e começou a andar, forçando-me a acompanhá-lo. Assim, nós saímos do local em que havíamos nos encontrado. Ele me conduziu por ruas estreitas através da escuridão. Em dado momento nós passamos por uma porta de madeira e entramos num quarto, onde ele me fez deitar numa cama. Ele tirou as roupas. Eu fechei os olhos quando senti o peso familiar sobre mim, o movimento familiar dos dedos de unhas sujas explorando o meu corpo, a respiração ofegante, o nojento suor pegajoso, a trepidação da cama, do chão, e das paredes, como se o mundo estivesse balançando sem parar. Abri os olhos, arrastei-me para fora da cama, vesti minha roupa e então apoiei a cabeça cansada na porta por um instante antes de ir embora. E ouvi a voz dele soar atrás de mim:

— Está esperando o quê? Não tenho dinheiro comigo esta noite. Vou lhe dar o dinheiro na próxima vez.

Saí caminhando pelas ruas estreitas. Ainda era noite escura, e o ar estava terrivelmente frio. A chuva agora havia começado a cair, transformando em lama o chão empoeirado debaixo dos meus pés. Havia pilhas de lixo na frente das casas, e o cheiro de podridão começou a me envolver por todos os lados, a me dominar, encobrindo-me e sufocando-me, e eu continuei andando, e andava cada vez mais rápido buscando escapar, sair das ruas e becos tortuosos e estreitos e chegar a uma estrada asfaltada onde eu pudesse caminhar sem afundar os pés na lama.

Quando cheguei a uma das avenidas principais, a chuva ainda caía sobre a minha cabeça. Busquei abrigo em uma das paradas de ônibus, tirei um lenço da minha mala e comecei a enxugar o rosto, o cabelo, os olhos. Uma luz branca penetrou então nos meus olhos. A princípio eu pensei que fosse a cor branca do meu lenço, mas quando o afastei do meu rosto a luz continuou a brilhar fortemente, como os faróis de um ônibus. Supus que o dia já estivesse amanhecendo e que os ônibus já haviam começado a circular. Mas não era um ônibus. Era um carro que havia estacionado diante de mim com os faróis acesos. Então um homem saiu do veículo e o contornou rapidamente, depois abriu a porta do passageiro e me fez um rápido cumprimento.

— Por favor, entre no carro. Precisa sair dessa chuva.

Eu tremia toda de frio, e o meu vestido leve estava colado ao meu corpo, encharcado pela chuva. Meus seios estavam quase totalmente visíveis sob o vestido, e os mamilos se destacavam em dois círculos escuros. Enquanto me ajudava a entrar no carro ele roçou o braço nos meus seios.

Estava quente dentro da casa do homem, e ele me ajudou a tirar minhas roupas e meus sapatos enlameados. Depois me lavou com água quente e sabonete. Então ele me carregou para a cama dele. Fechei os olhos quando senti o peso do corpo dele sobre o meu peito e meu ventre, e senti seus dedos explorando todo o meu corpo. Mas as suas unhas eram limpas e bem cuidadas, e seu hálito era agradável. E o suor dele não cheirava mal.

Quando abri os olhos, o sol da manhã banhava o meu corpo. Olhei ao meu redor e não consegui reconhecer o lugar onde estava. Lá estava eu, deitada numa cama em um quarto elegante, com um estranho de pé diante de mim. Levantei-me rápido e vesti minha roupa e meus sapatos. Peguei a minha mala e comecei a andar na direção da porta, e então o homem estendeu a mão e discretamente colocou uma nota de dez libras entre os meus dedos. Foi como se ele tivesse tirado um véu da frente dos meus olhos e eu pudesse enxergar pela primeira vez. O movimento da minha mão quando segurei a nota de dez libras esclareceu o enigma num ágil e rápido gesto, arrancou o manto que encobria uma verdade que eu havia experimentado quando ainda era uma criança, quando pela primeira vez o meu pai me deu dinheiro — uma moeda que eu segurei na mão e que passou a ser minha. Meu pai jamais havia me dado dinheiro nenhum. Eu trabalhava nos campos, e trabalhava na casa, e comia junto com a minha mãe os restos de comida que meu pai deixava. Naquela época, quando não tínhamos nem mesmo as sobras que meu pai costumava deixar, eu ia para a cama sem jantar. Nas celebrações da Festa do Sacrifício, eu vi as crianças comprarem doce numa confeitaria. Fui até a minha mãe e pedi chorando:

— Me dá uma moeda.

— Não tenho moedas — ela respondeu. — Quem tem dinheiro é o seu pai.

Então, fui procurar o meu pai e lhe pedi uma moeda. Ele bateu na minha mão e gritou:

— Eu não tenho moedas!

Alguns instantes depois, porém, ele me chamou e disse:

— Vou dar uma moeda a você se Alá for generoso conosco e nós conseguirmos vender a vaca antes que ela morra.

Depois disso eu o vi rezando e implorando a Alá que adiasse o momento da morte da vaca. Mas a vaca morreu sem que ninguém pudesse fazer nada. Meu pai interrompeu suas rezas e exortações a Alá no decorrer da Festa do Sacrifício, e sempre que a minha mãe lhe dirigia a palavra ele se lançava sobre ela e lhe dava uma surra. Eu resolvi parar de pedir a ele uma moeda, mas tempos depois, na ocasião do *Eed El Sagheer*, ao fim do jejum do Ramadã, eu vi os doces empilhados na vitrine da confeitaria e decidi pedir dinheiro ao meu pai.

— Me dá uma moeda? — eu disse.

— Uma moeda? — ele respondeu dessa vez. — Nem bem amanheceu e já está me pedindo dinheiro? Vá limpar os animais e carregar o burro, tem trabalho a fazer nos campos. No final do dia eu darei a você uma moeda.

De fato, como havia prometido, ele me deu a moeda quando retornei dos campos no final do dia. Foi a primeira moeda que ele me deu na vida, a primeira que era só minha, e eu podia colocá-la na palma da mão, fechar meus dedos sobre ela e apertá-la. Não era do meu pai nem da minha mãe, era minha. Minha para fazer o que eu quisesse com ela, para comprar o que eu quisesse, para comer com ela o que eu tivesse vontade, fosse o que fosse: doces, alfarroba, ou melado, ou qualquer coisa enfim que eu desejasse escolher.

No dia em que recebi a nota, o sol estava brilhando intensamente. Eu caminhava rápido, com passos vigorosos, segurando bem firme na mão direita uma coisa realmente valiosa. Não apenas uma moedinha dessa vez, mas uma bela nota de dez libras. Era a primeira vez que eu tinha em meu poder uma nota tão grande. A bem da verdade, meus dedos jamais haviam sequer chegado a tocar uma nota dessas antes. O súbito contato com o dinheiro irradiou uma estranha tensão por todo o meu corpo, uma contração interna, como se alguma coisa tivesse saltado dentro de mim e sacudido o meu corpo com uma violência quase dolorosa. Era como se eu tivesse uma ferida pulsante aberta bem no fundo do meu estômago. Quando estendi os músculos das costas, endireitei o corpo e respirei fundo, eu senti dor. Podia senti-la alastrando-se até meu ventre como um arrepio, como sangue pulsando com força dentro das veias. O sangue quente no meu peito se elevou até o meu pescoço, espalhou-se pela minha garganta e se tornou um fluxo de saliva rica e cálida, carregada com um gosto de prazer, tão forte e tão penetrante que era quase amargo.

Eu salivei várias vezes enquanto estava diante da divisória de vidro de um restaurante, atrás da qual frangos estavam sendo assados em chamas ardentes e brilhantes. Meus olhos se fixaram nos frangos enquanto eles giravam nos espetos de aço sobre as chamas oscilantes. Escolhi uma mesa próxima de uma janela para ficar ao alcance dos raios de sol e pedi um frango gordo e dourado. Sentei-me e comecei a comê-lo lentamente, bem lentamente, mastigando cada bocado, mantendo-o na boca por um longo momento antes de engoli-lo. Minha boca estava cheia, tal qual a de uma criança que se farta de doces, e a comida tinha um sabor acentuado, delicioso; havia nela uma estranha e poderosa doçura, como a doçura da barra de melaço que comprei com a minha primeira moeda. Não foi a primeira barra de melaço que provei na vida, porque a minha mãe já tinha comprado barras de melaço para mim antes. Mas foi a primeira barra que eu mesma escolhi entre vários outros doces do mercado, a primeira que comprei com meu próprio dinheiro.

O garçom se inclinou sobre a minha mesa para colocar os outros pratos diante de mim. Ele estendeu uma mão com um prato cheio de comida, mas seus olhos não estavam voltados para o meu prato, ele olhava para outro lugar. O movimento dos olhos dele enquanto evitavam fitar o meu prato fez o véu que encobria os meus olhos cair como se tivesse sido cortado com uma faca. E eu me dei conta de que pela primeira vez na vida estava comendo sem ser observada de perto, sem ter um par de olhos grudados no meu prato a fim de ver quanta comida eu ia ingerir. Desde a minha mais tenra infância eu me lembrava de ter a companhia daqueles olhos, que estavam sempre ali, bem abertos, fixos, determinados, vigiando o destino de cada pedaço de comida no meu prato.

Como era possível que um simples pedaço de papel tivesse o poder de mudar as coisas tão drasticamente? Por que eu não havia percebido isso antes? Será que eu havia de fato passado tantos anos sem ter nenhuma consciência disso? Não. Agora que eu estava refletindo sobre o assunto, eu pude entender que sabia disso fazia muito tempo, sabia desde o início, quando nasci e abri os olhos e vi meu pai pela primeira vez. O que mais se destacava nele era um punho fechado, seus dedos firmemente cerrados sobre uma coisa que estava na palma da sua mão. Meu pai nunca abria a mão, e mesmo quando abria ele sempre ficava segurando algo, uma coisa brilhante, de forma circular, uma coisa que ele costumava manipular cuidadosamente com seus dedos grandes e rudes ou bater contra superfícies sólidas para ouvi-la tilintar.

Eu ainda estava sentada ao sol. A nota de dez libras continuava na minha maleta, pois eu ainda não havia pago pela minha refeição. Abri a maleta para pegar o dinheiro. O garçom se aproximou, curvou-se sobre a mesa com um movimento de respeitosa humildade e começou a recolher os pratos. Ele manteve os olhos longe da minha maleta. Seu olhar estava sempre voltado para outra direção, como se ele quisesse evitar a nota de dez libras. Eu já havia visto esse movimento de olhos antes, esse abaixar de pálpebras, essa quase imperceptível gesto de espiar a minha mão. Isso me fez lembrar o meu marido, Sheik Mahmoud; quando ele estava ajoelhado para as orações, com os olhos entreabertos, era desse modo que ele espiava de quando em quando o meu prato. Também me fez lembrar o meu tio, nos tempos em que ele acompanhava as linhas do seu livro com olhar de interesse enquanto a sua mão se insinuava por baixo em busca da minha coxa. O garçom ainda estava esperando de pé ao meu lado. Suas pálpebras semicerradas pendendo sobre os olhos e seu modo furtivo de olhar para os lados eram características semelhantes às do meu tio e do meu marido. Segurei a nota de dez libras na mão, e ele a observou com o canto do olho, mas desviou o olhar imediatamente, como se estivesse evitando olhar para as partes proibidas de um corpo de mulher. Eu me senti tomada por um sentimento de curiosidade.

Seria possível que a nota de dez libras que eu tinha na mão fosse tão ilícita e proibida quanto a emoção do prazer sacrílego?

Eu quase abri a boca para perguntar ao garçom: "Quem decidiu que a nota de dez libras deve ser considerada proibida?". Mas mantive os lábios bem fechados, porque na verdade eu já conhecia a resposta fazia muito tempo. Eu a havia descoberto muitos anos atrás, no exato momento em que meu pai bateu na minha mão quando pela primeira vez a estendi na frente dele e pedi uma moeda. Foi uma lição várias vezes repetida ao longo do tempo. Certo dia a minha mãe bateu em mim porque perdi uma moeda no mercado e voltei para casa sem ela. Meu tio tinha o hábito de me dar dinheiro, mas pedia para não dizer nada a minha mãe sobre isso. Quando estava contando dinheiro, a esposa do meu tio costumava esconder moedas em seu espartilho sempre que percebia a minha aproximação. O meu marido contava suas moedas quase todos os dias, mas assim que me via chegando ele as guardava.

Sharifa também tinha o hábito de contar as suas notas de libras, e as enfiava rapidamente em algum esconderijo secreto no instante em que ouvia a minha voz. Dessa maneira, com o passar dos anos eu comecei a desviar o olhar sempre que me deparava com alguém que estivesse contando dinheiro. Desviava o olhar até mesmo quando a pessoa estava simplesmente tirando moedas do bolso. Era como se dinheiro fosse uma coisa vergonhosa, feita para ser escondida, um objeto pecaminoso que era proibido para mim, mas tolerável nas mãos de outros, nas mãos daqueles que pareciam os únicos a terem o direito legítimo de possuí-lo. Eu estava a ponto de fazer perguntas ao garçom. Eu queria perguntar quem havia decidido tudo a respeito disso, quem havia decidido que o dinheiro seria permitido para certas pessoas e proibido para outras. Mas pressionei e apertei meus lábios com mais força ainda, e guardei minhas palavras para mim mesma. Em vez de falar, eu entreguei a nota de dez libras ao garçom. Ele manteve a cabeça abaixada, e seus olhos pareciam distantes quando estendeu a mão e pegou o dinheiro.

A PARTIR DESSE DIA EU PAREI DE ANDAR COM A CABEÇA abaixada, e parei também de desviar meu olhar. Passei a caminhar pelas ruas com a cabeça bem erguida e com o olhar firme em frente. Eu olhava nos olhos das pessoas, e se visse alguém contando dinheiro eu observava sem nem piscar.

Continuei andando pelas ruas. O sol batia nas minhas costas. Espalhava-se pelo meu corpo com seus raios. O deleite da boa comida corria por todo o meu corpo com o sangue nas minhas veias. O restante da nota de dez libras estava aninhado no meu bolso. À medida que eu avançava, os meus pés batiam com força no asfalto negro, com uma euforia renovada, a euforia de uma criança que faz o seu brinquedo em pedaços e acaba descobrindo como ele funciona.

Um homem veio até mim e sussurrou algo no meu ouvido. Eu olhei direto nos olhos dele e disse "Não.". Outro homem se aproximou de mim e murmurou algumas coisas com voz bem baixa, que eu quase não consegui ouvir. Eu o examinei cuidadosamente da cabeça aos pés antes de lhe responder.

— Não — eu disse.

— Por que não? — ele quis saber.

— Porque há homens aos montes, e eu quero escolher com quem ir — retruquei.

— Bem, então por que não me escolhe? — ele disse.

— Porque as suas unhas são sujas, e eu gosto de unhas limpas.

Um terceiro homem se aproximou. Ele pronunciou a palavra secreta, a senha para o enigma que eu havia solucionado.

— Quanto você me oferece?
— Dez libras.
— Não, vinte.
— O seu desejo é uma ordem. — E ele me pagou no mesmo instante.

QUANTOS ANOS DA MINHA VIDA SE PASSARAM ANTES QUE eu me tornasse realmente a dona do meu corpo e de mim mesma, para fazer o que eu bem entendesse? Quantos anos da minha vida se perderam antes que eu arrancasse a mim mesma e o meu corpo das garras das pessoas que me mantiveram em seu poder desde sempre? Agora eu podia escolher a comida que eu queria comer, a casa na qual eu preferia morar, recusar um homem pelo qual eu sentisse aversão, por qualquer motivo que fosse, e escolher o homem que eu desejava ter, mesmo que fosse apenas por suas unhas limpas e bem-cuidadas. Um quarto de século já havia passado. Agora eu tinha vinte e cinco anos, e pela primeira vez consegui ter meu próprio apartamento, limpo e com vista para a rua principal. Contratei uma cozinheira que preparava a comida que eu desejasse, e também uma pessoa que organizava a minha agenda de compromissos, de acordo com os horários da minha conveniência e segundo os termos que eu considerava aceitáveis. Minha conta bancária continuava crescendo sem parar. Eu agora podia gozar de tempo livre, durante o qual tratava de relaxar, de sair para caminhadas, para ir ao cinema ou ao teatro. Tinha tempo para ler os jornais e para discutir política com alguns poucos e bons amigos que eu havia selecionado entre as muitas pessoas que orbitavam em torno de mim na tentativa de iniciar uma amizade.

Um dos meus amigos se chamava Di'aa. Ele era jornalista, ou escritor, ou algo do gênero. Eu preferia a companhia dele à dos meus outros amigos porque ele era um homem de cultura, e eu havia desenvolvido gosto por cultura desde que passei a frequentar a escola e aprendi a ler, mas desenvolvi ainda mais durante essa minha nova fase, pois agora eu tinha recursos para comprar livros. Eu possuía uma grande biblioteca no meu apartamento, e era nessa biblioteca que eu passava a maior parte do meu tempo livre. Nas paredes havia belos quadros pendurados, e bem no meio deles, em destaque, via-se o meu diploma de conclusão do ensino médio, dentro de uma cara moldura. Eu não recebia ninguém na biblioteca, jamais. Era um recinto muito especial, reservado apenas a mim. Eu recebia os meus convidados no quarto. Quando Di'aa veio à minha casa pela primeira vez, antes que eu tivesse tempo de levantar o edredom bordado que recobria a minha cama, ele disse:

— Espere, vamos conversar um pouco. Conversar é o que eu mais gosto de fazer.

Eu estava olhando para a cama, de costas para ele, então não pude ver a expressão em seu rosto quando ele pronunciou essas palavras. Mas a voz dele soou diferente aos meus ouvidos, tinha um tom que eu nunca havia percebido nas vozes dos outros homens.

Eu me virei para poder ver o rosto dele. Eu não costumava me dar ao trabalho de me virar para olhar no rosto dos homens que levava para o meu quarto. Retirava o edredom bordado da cama sem olhar para o homem, sem nem mesmo tentar espiar rapidamente as suas feições. Eu costumava manter os olhos firmemente fechados o tempo todo, e só voltava a abri-los quando o peso que pressionava o meu corpo havia saído de cima de mim.

Virei-me para Di'aa, levantei a cabeça e olhei bem para o rosto dele. Percebi que no seu semblante, assim como na sua voz, havia alguma coisa com a qual eu jamais havia me deparado antes. A cabeça dele parecia grande demais para o corpo, e seus olhos pareciam pequenos em comparação com o rosto. A pele dele era escura, mas seus olhos não eram negros, mesmo que eu não conseguisse distinguir a cor exata deles sob a fraca iluminação do quarto. Sua testa ampla terminava em um nariz pequeno. Abaixo do nariz, a região logo acima do lábio superior era barbeada, e os cabelos finos pareciam escassos em sua cabeça grande.

Fiquei ali parada sem dizer uma palavra, olhando para ele, e por isso ele pensou que eu não o tivesse escutado. Então repetiu:

— Vamos conversar um pouco. Conversar é o que eu mais gosto de fazer.

— Mesmo assim você vai ter que me pagar, como eles todos fazem. O tempo que você vai passar comigo é limitado, e tem um preço, cada minuto vale dinheiro.

— Eu me sinto como se estivesse em uma clínica. Por que não pendura uma lista de preços na sala de espera? Você também tem um preço especial para atender emergências?

Havia uma nota de ironia na voz dele, mas eu não entendi por quê.

— Você está sendo sarcástico a respeito do meu trabalho ou a respeito da profissão médica? — respondi.

— A respeito das duas coisas — ele disse.

— Acha que elas se assemelham uma à outra?

— Sim. A não ser por um detalhe. Um médico se dá o respeito enquanto realiza o seu dever.

— E quanto a mim? — exclamei.

— Você não merece respeito — ele retrucou, mas antes que as palavras "não merece respeito" chegassem aos meus ouvidos eu ergui as mãos para tapá-los rapidamente; porém as palavras penetraram na minha cabeça como a ponta de uma adaga afiada. Ele cerrou os lábios com força. Um súbito e profundo silêncio recaiu sobre o quarto, mas as palavras continuaram ecoando em meus ouvidos, refugiando-se em seus recônditos mais profundos, enterrando-se na minha cabeça, como um objeto palpável, material, um objeto tão afiado quanto o fio de uma faca perfurando os meus ouvidos, atravessando os ossos da minha cabeça e alcançando o cérebro em seu interior.

As minhas mãos ainda estavam levantadas, tapando os meus ouvidos e bloqueando o som da voz dele. A voz não era mais audível para mim, e quando ele falou eu não podia ver o movimento dos seus lábios, como se eles estivessem invisíveis. As palavras pareciam emergir do meio deles, escapar de livre e espontânea vontade. Eu quase podia vê-las atravessando o espaço que separava os lábios dele dos meus ouvidos, como coisas tangíveis, dotadas de linhas bem definidas, com a forma exata de cuspe, como se cusparadas estivessem saindo dos seus lábios a fim de me atingir.

Quando ele tentou encostar os lábios nos meus, suas palavras ainda ecoavam na minha mente. Eu o empurrei com força.

— O meu trabalho não é digno de respeito — eu disse. — Por que então você quer participar disso comigo?

Ele tentou me levar para a cama à força, mas eu repeli seus avanços. Depois fui até a porta e a abri, e ele foi embora imediatamente.

Di'aa foi embora da minha casa, mas as palavras dele não abandonaram os meus ouvidos; elas não foram embora junto com ele naquela noite. Elas haviam penetrado na minha mente em um momento que pertencia agora ao passado. Mas força nenhuma na Terra podia fazer o relógio do tempo retroceder. Antes daquele momento, a minha mente estava serena, tranquila, imperturbável. Todas as noites eu costumava encostar a cabeça no travesseiro e dormir profundamente, e só acordava pela manhã. Agora, porém, minha cabeça latejava com um movimento incessante que não parava, não dava trégua; continuava durante o dia e durante a noite, como o movimento das marés e o fluxo das ondas numa praia, fervilhando e formando bolhas como água em ebulição. Um som parecido com o rugido de um mar revolto ia e voltava, passando dos meus ouvidos para o travesseiro e do travesseiro para os meus ouvidos. Nessa tormenta eu já não podia mais distinguir entre o som impetuoso do mar e o som de contínuo sopro do vento. Tudo havia se tornado uma série de batidas que ocorriam numa sucessão interminável, como o dia e a noite, como as batidas do meu coração se acelerando vezes sem conta, como um martelo na minha cabeça fazendo soar uma frase a cada batida: "não merece respeito", "não merece respeito"... martelando essas palavras sem parar, disparando-as golpe após golpe, dentro dos meus ossos, por fora dos meus ossos, sobre a minha cama, no chão, na sala de jantar, nas escadas, nas ruas, nos muros. Aonde quer que eu fosse, as batidas do martelo atingiam a minha cabeça, o meu rosto, o meu corpo, os meus ossos. Aonde quer que eu fosse as palavras me acompanhavam, grudadas em mim como cuspe, como um insulto que foi cuspido e que fica ecoando no ouvido, como o cuspe de olhos insolentes sobre o meu corpo nu, como o cuspe de todas as palavras degradantes que eu já havia escutado e que soavam nos meus ouvidos uma vez ou outra, como o cuspe de todos os olhos arrogantes que me despiam e estudavam a minha nudez com estúpida insolência, como o cuspe de olhos polidos que olhavam para o lado enquanto eu tirava a minha roupa, escondendo seu desdém sob uma máscara de dignidade.

Uma frase, uma pequena frase composta de quatro palavras, lançou uma intensa luz sobre a minha vida inteira e me fez enxergar como ela era realmente. O véu que cobria os meus olhos havia sido despedaçado. Eu estava abrindo os meus olhos pela primeira vez, vendo a minha vida sob uma nova perspectiva. Eu não era uma mulher digna de respeito. Era uma informação da qual eu não tinha tomado conhecimento antes. Foi bom ter ignorado esse fato por tanto tempo. Eu era capaz de comer bem, de dormir tranquila e profundamente. Será que existia algum modo de arrancar da minha mente essa nova informação? No final das contas era só uma espécie de dor, escavando o interior da minha cabeça como a lâmina de uma faca afiada. E a verdade é que nem mesmo era uma faca, mas sim uma pequena frase composta de quatro palavras, uma pequena frase que havia penetrado no meu cérebro como uma flecha antes que eu tivesse tempo de tapar os ouvidos com as mãos e evitar que ela entrasse. Seria possível, de alguma maneira, arrancar isso da minha cabeça assim como se extrai uma bala, ou como se extirpa um tumor do cérebro?

AGORA PARECIA HUMANAMENTE IMPOSSÍVEL PARA MIM continuar sendo a mesma mulher que eu era antes de ouvir a frase de quatro palavras pronunciada por Di'aa naquela noite. Daquele momento em diante eu me tornei outra mulher. A minha vida anterior havia ficado para trás. Eu não queria retomá-la de jeito nenhum, custasse o que custasse, ainda que eu tivesse de enfrentar todo tipo de tortura e sofrimento para viver. Mesmo que eu tivesse de passar fome e frio novamente, mesmo que terminasse na mais completa indigência. A qualquer custo, eu tinha que me tornar uma mulher respeitável, mesmo que o preço fosse a minha vida. Eu estava determinada a fazer qualquer coisa para pôr fim aos insultos que os meus ouvidos tinham se acostumado a ouvir, para afastar os olhares arrogantes que me avaliavam de alto a baixo.

Eu ainda tinha o meu certificado de conclusão do ensino médio, o meu certificado de mérito e uma mente ágil e firme, decidida a encontrar trabalho respeitável. Ainda tinha dois olhos negros que encaravam as pessoas de maneira direta e estavam prontos para reagir aos olhares evasivos e desdenhosos que me lançavam pela vida afora. Sempre que eu avistava um anúncio eu me candidatava ao emprego. Fui a todos os gabinetes, agências e escritórios de empresas onde pudesse encontrar uma vaga. E por fim, depois de muito tentar, acabei conseguindo trabalho numa grande empresa.

Agora eu tinha o meu próprio escritório, pequeno, ao lado da ampla sala do presidente. Uma porta separava o meu escritório do dele. Acima da porta via-se uma luz vermelha, e perto dela havia uma campainha. Quando a campainha tocava, eu abria a porta e entrava no escritório. Ele ficava sentado atrás da sua mesa. Era um homem de cerca de cinquenta anos, gordo e careca, que fumava o dia inteiro. Alguns dos seus dentes estavam faltando, e os que continuavam em sua boca tinham manchas amareladas e escuras. Ele parava de olhar para os papéis em cima da mesa por um instante, olhava para mim com um cigarro pendurado nos lábios e dizia:

— Hoje eu não estou para ninguém, só para gente realmente grande. Entendeu?

E antes que eu pudesse perguntar o que ele queria dizer com "gente realmente grande", sua cabeça se abaixava sobre os papéis novamente e quase desaparecia entre nuvens de fumaça de cigarro.

Depois que o dia de trabalho chegava ao fim, eu pegava a minha bolsa e ia para casa. O que eu chamava de casa não era exatamente uma casa, nem mesmo uma quitinete. Não passava de um quarto pequeno sem banheiro. Eu o havia alugado de uma senhora idosa que acordava toda manhã bem cedo para fazer orações, e então batia na minha porta. Eu não começava a trabalhar antes das oito, mas sempre às cinco da manhã já estava acordada, porque precisava de tempo para pegar minha toalha e juntar-me a homens e mulheres na fila de espera para usar o banheiro. O meu salário de fome não permitia que eu vivesse em nenhum lugar a não ser nessa casa, situada numa rua escura e estreita com várias pequenas lojas enfileiradas onde encanadores e ferreiros ganhavam a vida. Para chegar ao ponto de ônibus, eu era obrigada a atravessar várias ruas estreitas e caminhar por um bom trecho de rodovia. Quando o ônibus parava no ponto, os homens e mulheres que esperavam pela condução lutavam para entrar nela e garantir seu lugar. Eu me juntava à multidão que se acotovelava e lutava por espaço. Uma vez dentro do veículo, porém, eu tinha a sensação de que havia entrado num forno onde os corpos amontoados eram fundidos em uma só massa.

O prédio da empresa na qual eu trabalhava tinha duas portas de acesso. Uma era reservada para os funcionários mais importantes, de alto escalão, e não era vigiada. A outra era usada para os funcionários que ocupavam cargos mais modestos, e era vigiada por um empregado da empresa que trabalhava como uma espécie de porteiro. Ele costumava se sentar atrás de uma mesinha, com um grande livro de registro diante dele. Os funcionários assinavam o livro de registro quando chegavam pela manhã e quando iam embora depois de mais um dia de trabalho. Eu procurava pelo meu nome na longa lista e assinava ao lado. Depois, perto do meu nome, o porteiro escrevia a hora exata da minha chegada, registrando até os minutos. Quando eu deixava a empresa no final do expediente, ele registrava a hora da minha partida com a mesma precisão.

Mas os funcionários de alto escalão chegavam e partiam de acordo com a sua vontade. Todos andavam de carro, grande ou pequeno. Quando eu tentava entrar no ônibus totalmente lotado, com um pé no degrau e outro para fora do carro, eu sempre via essas pessoas acomodadas dentro de seus veículos. Certo dia, enquanto eu corria atrás do ônibus tentando encontrar algum espaço para poder apoiar o pé e pular para dentro, um desses funcionários me viu. Ele me olhou como um alto executivo olha para um empregado subalterno. Senti o seu olhar pousando na minha cabeça, e então descendo pelo meu corpo como água fria. Fiquei constrangida, o sangue subiu à minha cabeça, meus pés tropeçaram em alguma coisa e eu tive de parar de súbito. O homem dirigiu até mim e disse:

— Gostaria de uma carona?

Olhei bem nos olhos dele. Eles diziam claramente: "Você é uma empregada pobre, miserável, que não merece consideração e corre atrás de um ônibus para se atirar dentro dele. Vou levar você no meu carro porque o seu corpo de mulher me atrai. É uma honra para você ser desejada por um executivo respeitado como eu. Quem sabe algum dia, no futuro, eu possa ajudá-la a conseguir um aumento antes dos outros."

Eu não respondi, fiquei em silêncio, e ele achou que eu não o tivesse escutado.

— Gostaria que eu lhe desse uma carona? — ele repetiu.

Dessa vez eu respondi, com voz calma:

— O preço pelo meu corpo é muito alto, e nunca poderia ser pago com um aumento salarial.

Os olhos dele se arregalaram de espanto. Talvez ele estivesse se perguntando como eu pude ler seus pensamentos com tanta facilidade. Apenas observei enquanto ele ia embora a toda velocidade.

DEPOIS DE PASSAR TRÊS ANOS NA EMPRESA, PERCEBI QUE era olhada com mais respeito quando era prostituta, também era mais valorizada e desfrutava de mais consideração do que todas as funcionárias. Naqueles dias eu morava numa casa com banheiro privativo. Eu podia entrar no meu banheiro quando bem quisesse, e ficar lá dentro o tempo que desejasse, sem que ninguém ficasse me apressando. Meu corpo nunca foi comprimido por outros corpos dentro de ônibus, nem foi alvo de órgãos masculinos encostando-se nele por trás e pela frente. Seu preço não era barato, e não podia ser pago por um mero aumento no salário, um convite para jantar, um passeio no carro de alguém pelas imediações do Nilo. Nem tampouco era um preço que eu considerasse justo apenas para cair nas boas graças do meu chefe, ou para evitar o ressentimento do presidente da empresa.

Durante aqueles três anos eu jamais fui tocada por um alto executivo ou por um funcionário importante, nem uma vez. Eu não tinha nenhuma intenção de humilhar o meu corpo por um preço baixo, principalmente depois de me habituar, num passado recente, a ser muito bem paga por qualquer serviço que eu prestasse. Eu recusava até mesmo convites para almoçar ou para dar uma volta às margens do rio Nilo. Depois de um longo dia de trabalho, eu preferia ir para casa e dormir. Sentia pena das garotas que eram ingênuas o bastante para oferecerem seus corpos e seu esforço físico todas as noites em troca de uma refeição, ou de uma boa recomendação, ou apenas para garantirem que não seriam tratadas de modo injusto, nem discriminadas, nem transferidas. Sempre que um dos diretores me fazia uma proposta eu respondia:

— Não é que eu tenha mais honra e reputação do que as outras garotas, mas o meu preço é muito maior que o delas.

Eu acabei percebendo que uma mulher trabalhadora tem mais medo de perder o emprego do que uma prostituta tem de perder a vida. Uma funcionária morre de medo de perder o emprego e ter que virar uma prostituta, porque não entende que a vida de uma prostituta é na verdade melhor que a dela. E assim, com sua vida, sua saúde, seu corpo e sua mente ela paga o preço por seus medos ilusórios. Ela paga um preço altíssimo para receber coisas de valor irrisório. Eu havia entendido que todas nós éramos prostitutas que se vendiam por preços variados, e que uma prostituta cara era melhor que uma prostituta barata. Também havia entendido que se perdesse o meu emprego, tudo o que eu perderia era meu salário miserável, o descaso que eu via todos os dias estampado no semblante dos altos executivos quando eles olhavam para as funcionárias de cargo mais modesto, a humilhante pressão de corpos masculinos contra o meu quando eu andava de ônibus, e a longa fila matinal diante de um banheiro coletivo perpetuamente ocupado.

Eu não estava muito entusiasmada para manter o meu emprego, e justamente por essa razão, talvez, a direção da empresa parecia cada vez mais propensa a se esforçar para me manter. Eu não fazia nenhum esforço especial para tentar cair nas boas graças desse ou daquele executivo. Pelo contrário, eles é que começaram a competir entre si para ganhar a minha simpatia. Então, espalhou-se o rumor de que eu era uma mulher honrada, e uma funcionária muito respeitável, e a que gozava de mais consideração entre todas as funcionárias da empresa. Também se comentava pelos corredores que nenhum dos homens havia conseguido tirar o meu orgulho, e que nem um único funcionário do alto escalão tinha sido capaz de me deixar constrangida, ou de me fazer olhar para o chão.

Apesar de tudo, eu gostava do meu trabalho. Lá eu encontrava as minhas colegas. Eu podia conversar com elas, e elas podiam conversar comigo. Era melhor ficar no meu escritório do que no quarto onde eu morava. Não havia fila para entrar nos banheiros dos funcionários, e ninguém ficava me apressando quando eu estava lá dentro. O gramado em torno do prédio de escritórios tinha um pequeno jardim no qual eu podia me sentar um pouco no final do dia, antes de ir para casa. Às vezes a noite caía e eu continuava lá, sem pressa de voltar para o meu deprimente quarto, para as ruelas sujas e o cheiro de banheiro fedido.

CERTA VEZ, EU ESTAVA SENTADA NO JARDIM QUANDO UM dos funcionários me viu. Por um momento ele ficou assustado com a visão de uma massa escura, do tamanho de um corpo humano, agachada e imóvel na escuridão da noite. Ele gritou de longe:

— Quem é? Quem está sentado aí?

— Sou eu. Firdaus — respondi com voz triste.

Quando se aproximou mais ele me reconheceu, e pareceu surpreso por me ver sentada ali sozinha, porque eu era considerada uma das melhores funcionárias da empresa, e os melhores funcionários costumavam ir embora imediatamente após o término do dia de trabalho.

Eu disse que estava descansando um pouco porque me sentia cansada. Ele se sentou ao meu lado. O nome dele era Ibrahim. Era um homem baixo e atarracado, com cabelos negros e crespos, e olhos negros. Eu podia vê-los fitando-me na noite, e sentia que eram capazes de me enxergar apesar da escuridão. Sempre que eu virava a cabeça os olhos dele me seguiam, sem perder um só movimento. Mesmo quando escondi os meus olhos com as mãos, os dele pareceram atravessá-las e enxergar o que estava por trás. Mas após algum tempo ele segurou as minhas mãos e as puxou delicadamente, retirando-as do meu rosto.

— Firdaus, eu lhe peço. Não chore — ele disse.

— Me deixe chorar — respondi.

— Mas eu nunca vi você chorar antes. O que aconteceu?

— Nada... Absolutamente nada.

— Não é possível. Alguma coisa deve ter acontecido.

— Não aconteceu nada — repeti.

Ele pareceu surpreso.

— Você está chorando por nada?

— Eu não sei por que estou chorando. Não aconteceu nada de novo na minha vida.

Ele permaneceu sentado ao meu lado, em silêncio. Seus olhos negros vagaram em meio à escuridão, e lágrimas se acumularam neles por um instante, com um brilho cintilante. Ele comprimiu os lábios e engoliu em seco, e subitamente a luz em seus olhos sumiu. Então os seus olhos começaram a brilhar de novo, mas instantes depois o brilho se apagou, como pequenas labaredas extinguindo-se na noite. Ele continuou com seus lábios firmemente cerrados, e engolindo em seco, mas finalmente eu vi duas lágrimas brotando dos olhos dele, e escorrendo para o rosto. Ele cobriu o rosto com uma mão, tirou um lenço com a outra e assoou o nariz.

— Você está chorando, Ibrahim? — perguntei.

— Não, Firdaus.

Ele guardou o lenço, engoliu em seco e sorriu para mim.

O pátio ao nosso redor estava mergulhado num silêncio profundo. Não havia nenhum som que se pudesse ouvir, e tudo estava imóvel, suspenso, sem movimento. Engolfado pela escuridão, o céu acima de nós não exibia nem ao menos um raio de luz, nem do sol, nem da lua. Meu rosto estava voltado para o rosto de Ibrahim, e os meus olhos se fixaram nos dele. Eu via dois anéis de um branco imaculado envolvendo dois círculos de intenso negro olhando para mim. Continuei a fitá-los com atenção. O branco pareceu ficar ainda mais branco, e o negro se tornou ainda mais negro, como se fluísse luz através deles vinda de alguma fonte misteriosa, desconhecida, que não se localizava nem na terra nem do céu, pois a terra havia sido tragada pela escuridão da noite, e o céu não tinha nem sol nem lua para iluminá-lo.

Eu segurei o olhar dele nos meus olhos. Estendi o braço e segurei a mão dele na minha. A sensação produzida pelo toque das nossas mãos foi estranha, repentina. Fez meu corpo tremer com um prazer profundo, distante, mais antigo do que as primeiras lembranças da minha vida, mais profundo do que a consciência que havia me acompanhado por toda a minha existência. Eu podia sentir isso em algum lugar, como uma parte do meu ser que havia nascido comigo na data do meu nascimento, mas não havia crescido comigo. Ou como algo que conheci antes de nascer e que acabou ficando para trás.

    Nesse momento uma lembrança veio à minha mente, e os meus lábios se separaram para expressá-la em palavras, mas a minha voz parou na garganta, como se eu quase não conseguisse me lembrar de que já havia esquecido. Meu coração entrou em descompasso, oprimido por um sofrimento apavorante e frenético por causa de algo precioso que eu estava prestes a perder para sempre, ou havia acabado de perder para sempre. Meus dedos agarraram a mão dele com tal violência que nenhuma força na Terra, por mais poderosa que fosse, poderia tirá-la de mim.

DEPOIS DESSA NOITE, BASTAVA QUE NÓS DOIS NOS EN-contrássemos para que os meus lábios se abrissem a fim de dizer alguma coisa. Mas assim que eu me lembrava do que ia dizer, eu já havia esquecido. Meu coração batia com medo, ou com uma emoção que se assemelhava a medo. Eu queria me aproximar de Ibrahim e pegar na sua mão, mas ele entrava nas dependências da empresa e saía delas sem notar a minha presença. E quando olhava para mim, era do mesmo modo como olhava para qualquer uma das outras funcionárias.

    Em uma grande assembleia de trabalhadores, eu ouvi Ibrahim falar sobre justiça e a abolição dos privilégios de que a diretoria desfrutava à custa dos trabalhadores. Nós o aplaudimos com entusiasmo e esperamos na porta por um bom tempo para apertar a sua mão. Quando chegou a minha vez eu segurei com firmeza a mão dele, e olhei-o bem nos olhos por um longo momento.

Sentada à minha mesa, eu rabiscava distraidamente o nome dele, "Ibrahim", na superfície de madeira, ou nas costas da minha mão. No instante em que eu o via atravessando o pátio interno, eu me levantava da cadeira, como se fosse sair correndo ao encontro dele. No momento seguinte, porém, eu voltava a me sentar. Fatheya, uma amiga, me flagrou executando várias vezes esses movimentos de levantar e sentar de novo. Ela se aproximou de mim e sussurrou no meu ouvido:

— O que está acontecendo com você, Firdaus?

Eu lhe respondi com uma pergunta, num tom de voz sonhador:

— Será que Ibrahim esqueceu?

— Esqueceu o quê? — ela disse.

— Não sei, Fatheya.

— Você está vivendo num mundo de sonho, minha querida.

— Não é verdade. Não é verdade, Fatheya. Aconteceu mesmo.

— O que aconteceu exatamente? — ela perguntou.

Tentei explicar a ela o que havia acontecido, mas eu não sabia como descrever a situação. Ou talvez eu não conseguisse encontrar nada para dizer, como se alguma coisa tivesse acontecido, mas eu não conseguisse me lembrar exatamente o que, ou como se absolutamente nada tivesse acontecido.

Fechei os olhos e me concentrei para relembrar a cena. Os dois círculos profundamente negros cercados por dois anéis de intenso branco apareceram aos poucos diante dos meus olhos. Quando eu os contemplei por algum tempo, eles começaram a se expandir e rapidamente se tornaram maiores, cada vez maiores.

O círculo negro continuou crescendo até ficar do tamanho da Terra, e o círculo branco se expandiu até se tornar numa massa extremamente branca, vasta como o sol. Meus olhos se perderam na imensidão negra e branca, até que não puderam mais distinguir uma esfera da outra. As imagens diante dos meus olhos se tornaram confusas. Eu não era mais capaz de fazer distinção entre os rostos da minha mãe e do meu pai, de Wafeya e de Fatheya, de Iqbal e de Ibrahim. Arregalei os olhos, em pânico, como se corresse o risco de ficar cega. Os contornos do rosto de Fatheya ainda estavam ali, diante de mim, destacando-se em meio à cor muito escura da Terra ou do branco ofuscante do sol.

— Firdaus, você ama o Ibrahim? — Fatheya perguntou.

— Não, de jeito nenhum.

— Então por que você treme sempre que o nome dele é mencionado?

— Eu? Até parece! Isso jamais aconteceu. Você sempre exagera, Fatheya.

— Ibrahim é um bom homem, e um revolucionário.

— Eu sei. Mas eu não sou mais do que uma simples funcionária. Como seria possível que Ibrahim se apaixonasse por uma pobre garota como eu?

UM COMITÊ REVOLUCIONÁRIO HAVIA SIDO FORMADO NA empresa, e Ibrahim era o presidente. Eu me juntei ao comitê e comecei a trabalhar nele dia e noite, até mesmo nos feriados. Era trabalho voluntário. Eu não me preocupava mais com o meu salário. Esperar pela manhã na fila para entrar no banheiro já não me aborrecia mais, e a pressão dos corpos em torno de mim dentro do ônibus não me enchia mais de vergonha. Um dia Ibrahim me viu correndo atrás do ônibus, parou seu pequeno carro e me chamou. Entrei no veículo e me sentei ao lado dele.

— Eu admiro você, Firdaus — ele disse alguns instantes depois. — Se tivéssemos apenas cinco pessoas como você na empresa, pessoas com o zelo, a energia e a convicção que você demonstra, nós poderíamos fazer quase tudo que quiséssemos.

Eu não disse nada. Estava pressionando minha bolsa contra o peito, tentando esconder as batidas do meu coração acelerado e fazer a minha respiração voltar ao normal. Mas depois de um momento eu me dei conta de que a minha respiração continuava agitada. Na tentativa de ocultar a emoção que sentia, articulei uma justificativa que pareceu um tanto esfarrapada:

— Ainda estou sem fôlego de correr atrás do ônibus.

Ibrahim deve ter percebido o que eu estava tentando fazer, porque apenas sorriu e não fez nenhum comentário. Após um breve instante de silêncio ele me perguntou:

— Você quer ir direto para casa ou nós podemos ir a algum lugar e conversar?

A pergunta me pegou de surpresa, e eu respondi sem pensar, no calor do momento:

— Eu não quero ir para casa. — E então, para disfarçar o meu ato falho, acrescentei rapidamente:

— Você deve estar cansado depois de um longo dia de trabalho. Talvez seja melhor ir direto para a sua casa descansar.

— Talvez seja ainda melhor para mim poder conversar um pouco com você. Isso se você não estiver cansada, é claro, e se não preferir voltar para casa e descansar.

— Descansar? Eu nunca conheci o significado da palavra "descansar" em toda a minha vida! — eu respondi quase sem pensar.

Senti a sua mão quente e forte segurar a minha. Eu tremia toda, da cabeça aos pés. Até as raízes dos pelos do meu corpo pareciam se mover.

— Firdaus... Você se lembra da primeira vez em que nos encontramos? — ele perguntou com voz branda.

— Sim.

— Pois eu não parei de pensar em você desde então.

— Eu também tenho pensado em você.

— Eu tenho tentado esconder meus sentimentos, mas já não é mais possível.

— Eu também tentei.

Nesse dia nós conversamos sobre tudo. Eu contei sobre a minha infância, e o que aconteceu com a minha vida no passado. Ele também me falou sobre os seus anos de infância e me revelou os sonhos que tinha para o futuro. No dia seguinte nós nos encontramos de novo, e conversamos sobre todos os assuntos com mais liberdade ainda. Eu até falei sobre coisas que havia escondido de mim mesma, coisas que me recusava a encarar. E Ibrahim, por sua vez, foi bastante franco comigo e não escondeu nada. No terceiro dia ele me levou para a sua pequena casa e nós passamos a noite juntos. Conversamos bem sossegadamente por um longo tempo, e quando terminamos de dizer tudo o que havia para ser dito, nos entregamos a um abraço caloroso.

Eu sentia como se tivesse o mundo inteiro nas mãos. Um sentimento que parecia crescer cada vez mais, e se expandir, e o sol brilhava mais intensamente do que jamais havia brilhado antes. Eu via tudo ao meu redor banhado numa luz radiante, até mesmo a fila matinal para entrar no banheiro. Os olhos das pessoas que andavam de ônibus não pareciam mais tediosos e ressentidos. Agora eles exibiam fulgor, brilhando com uma nova luz. Quando eu me olhava no espelho, meus olhos cintilavam como diamantes. Meu corpo estava leve como uma pena, e eu podia trabalhar o dia inteiro sem me cansar nem sentir sono.

Certa manhã, uma colega do escritório olhou para o meu rosto com atenção e depois exclamou, com uma nota de espanto na voz:

— O que está acontecendo, Firdaus?

— Por quê? — Eu quis saber.

— O seu rosto não é mais o mesmo.

— O que você quer dizer com isso?

— Agora eu vejo um brilho irradiando dele.

— Eu estou apaixonada.

— Apaixonada?

— Você sabe o que é amar? — perguntei.

— Não — ela respondeu tristonha.

— Pobrezinha — eu disse.

— Você que é uma pobre mulher iludida — ela retrucou. — Acredita mesmo nessa conversa toda sobre amor? Isso não existe.

— O amor fez de mim uma pessoa diferente. E tornou o mundo um lugar lindo.

— Você está vivendo uma ilusão — ela insistiu, e havia no tom de sua voz uma nota profunda de amargura. — Acredita nas palavras de amor que eles sussurram nos ouvidos de mulheres como nós, que não têm onde cair mortas?

— Mas ele é um revolucionário. Está lutando por nós e por todos aqueles que foram privados de uma vida decente.

— Você é mesmo digna de piedade. Acha que é verdade o que dizem nas assembleias?

— Já chega — eu retruquei, zangada. — Você coloca óculos escuros na frente dos olhos e depois diz que não consegue ver a luz do sol.

O sol estava batendo no meu rosto. Contemplei a luz e o calor ao meu redor, banhando-me nele, e então vi, intrigada, Ibrahim cruzando o pátio no horário de sempre. Os olhos dele brilhavam sob a luz do sol, tinham um brilho novo, estranho. Pareciam diferentes para mim, como os olhos de outro homem, e eu me senti incomodada. Corri até ele, mas havia um grupo de funcionários cercando-o, homens e mulheres, apertando a sua mão e parabenizando-o. Ibrahim não me viu no meio da multidão. E eu escutei palavras que dançaram nos meus ouvidos com um estranho eco:

— Ele ficou noivo da filha do presidente ontem. É um rapaz brilhante, e merece toda a boa sorte do mundo. Tem um futuro maravilhoso à sua espera, e vai subir rápido na empresa.

Levei as mãos aos ouvidos e os tapei para calar o som das vozes. Afastei-me da algazarra da multidão em torno de Ibrahim e saí pelo portão da empresa, mas não fui para casa.

Fiquei vagando pelas ruas sem destino, de um lado para o outro. Eu não conseguia enxergar nada porque as lágrimas não paravam de correr pelos meus olhos; elas secavam de vez em quando por alguns instantes, apenas para começarem a jorrar novamente. Quando a noite caiu eu estava completamente exausta. Minhas lágrimas cessaram subitamente, como se algo dentro de mim tivesse fechado o mecanismo que as fazia fluir. Meu rosto e meu pescoço secaram rapidamente, mas a parte da frente do meu corpete estava ensopada. O ar frio da noite penetrava no meu corpo. Comecei a tremer, e cruzei os braços ao redor do meu corpo na tentativa de mantê-lo aquecido. Lembrei-me dos braços dele envolvendo-me, e tremi ainda mais. Eu quis chorar, mas as lágrimas já haviam secado definitivamente. Um ruído chegou aos meus ouvidos, e parecia ser de uma mulher soluçando. Então eu me dei conta de que se tratava da minha própria voz.

Nessa mesma noite eu voltei para as dependências da empresa. Fui até meu escritório, recolhi os meus papéis, coloquei-os na bolsa e então me dirigi à porta principal. Depois de ouvir a notícia pela manhã, eu não vira mais Ibrahim. Hesitei diante da porta de entrada por um momento, e olhei para os lados lentamente. Meus olhos se voltaram para o pequeno jardim do pátio. Caminhei na direção dele e me sentei. Continuei olhando ao redor o tempo todo. Sempre que escutava um som ao longe, ou sentia algum movimento ou coisa assim, eu apurava os ouvidos e os olhos. Vi um vulto do tamanho de um corpo humano movendo-se próximo da entrada do pátio. Pus-me de pé num salto. Meu coração batia descontroladamente, e o sangue começou a correr pelo meu peito e subir para a minha cabeça. Tive a impressão de que o vulto estava se movendo na minha direção. Quando dei por mim eu estava andando até ele. Meu corpo estava banhado de suor. Minha cabeça e as palmas das minhas mãos ficaram úmidas. O medo me invadiu quando atravessei o pátio escuro.

— Ibrahim — eu chamei, numa voz tão fraca que eu mesma mal consegui escutar.

Mas o silêncio permaneceu tão profundo quanto antes. Meu medo aumentou ainda mais, pois eu ainda podia ver o que parecia ser uma forma humana na noite. Voltei a chamar, só que dessa vez em voz alta, que ouvi com clareza.

— Quem está aí?

A voz alta pareceu dissipar o sonho, como quando alguém é acordado pelo som da própria voz ao falar durante o sono. Quando consegui enxergar melhor através da escuridão, percebi que o vulto era na verdade um muro de tijolos que haviam levantado diante da entrada do pátio. Era um muro pequeno, do tamanho de um homem de altura média, feito de tijolos nus, sem nenhum revestimento. O muro pareceu brotar diante dos meus olhos naquele exato momento, embora eu já o tivesse visto antes.

    Antes de atravessar o portão para ir embora, eu olhei uma vez mais ao meu redor. Corri os olhos por janelas, portas e paredes na expectativa de que algo se abrisse de repente e revelasse os olhos de Ibrahim por um momento, ou a mão dele fazendo seu habitual aceno de despedida. Meus olhos continuavam movendo-se impacientemente em sua procura. A todo momento eu perdia a esperança, e então a recobrava no momento seguinte. Meus olhos retomavam sua busca frenética, e o meu peito subia e descia em movimentos intensos. Antes de sair para a rua parei uma última vez, e fiquei imóvel em meio à escuridão. Mesmo enquanto caminhava na rua eu continuei a me virar para trás, como se esperasse que algo acontecesse, mas as janelas e portas permaneciam bem fechadas.

EU JAMAIS HAVIA EXPERIMENTADO UM SOFRIMENTO TÃO grande antes, jamais havia sentido uma dor tão profunda. Na época em que eu vendia o meu corpo aos homens, a dor era bem menor. Era imaginária mais do que real. Como prostituta, eu não era eu mesma; meus sentimentos não vinham de dentro. Não eram realmente meus. Naquela época, nada podia me machucar e me fazer sofrer como eu estava sofrendo agora. Nunca me sentira tão humilhada. Como prostituta, talvez eu tenha passado por uma humilhação tão profunda que nada realmente importava. Quando as ruas se tornam a sua vida, você não anseia mais por nada, não tem mais esperanças. Mas do amor eu tinha expectativas. Com o amor eu comecei a imaginar que havia me tornado um ser humano. Quando era prostituta eu nunca fazia nada de graça, absolutamente nada. Mas o amor me levou a dar o meu corpo e a minha alma, a minha mente e o máximo do meu esforço — e fiz tudo isso sem receber nada em troca. Eu jamais pedi nada, dei tudo o que tinha. Entreguei-me totalmente, renunciei às minhas defesas e fiquei inteiramente vulnerável, desnudando-me por completo. Mas quando era uma prostituta, eu me protegia e revidava quando necessário: não deixava que me apanhassem desprevenida. Para manter o meu profundo interior protegido contra os homens, eu lhes oferecia apenas a minha casca. Resguardava meu coração e minha alma, e deixava que o meu corpo fizesse a sua parte, de um modo passivo, inerte, desprovido de sentimentos. Aprendi a resistir sendo passiva, a me manter íntegra e não oferecer nada de mim, a viver recolhida ao meu próprio mundo. Em outras palavras, eu dizia aos homens que eles podiam ter o meu corpo, podiam ter o meu corpo sem vida, mas jamais seriam capazes de me fazer reagir, nem tremer, nem sentir nenhum prazer e nenhuma dor. Eu não fazia o menor esforço, não gastava a menor energia. Na minha atividade eu não demonstrava o mínimo afeto, não produzia o mais remoto pensamento. Por isso eu nunca ficava exausta nem desgastada. Mas no amor, eu dei tudo: minhas habilidades, meus esforços, meus sentimentos, minhas emoções mais profundas. Como uma santa, dei tudo o que tinha sem pensar duas vezes. Eu não quis nada em troca, absolutamente nada, a não ser uma coisa, talvez: que o amor me salvasse disso tudo. Que eu me encontrasse novamente, que recuperasse o que havia perdido. Que me tornasse um ser humano e não mais fosse encarada com desprezo, nem ignorada, mas sim respeitada e estimada, para que assim conseguisse me sentir completa.

Eu não estava destinada a ver minhas esperanças se tornarem realidade. Porque por mais que tentasse, por mais que me sacrificasse, eu não passava de uma pobre e insignificante trabalhadora. A minha virtude, como a virtude de todas as pessoas que são pobres, não poderia jamais ser considerada uma qualidade, ou um trunfo. Na verdade era vista como um tipo de estupidez, ou de ingenuidade, e desprezada ainda mais do que a depravação ou o vício.

HAVIA CHEGADO O MOMENTO DE JOGAR FORA O ÚLTIMO grão de virtude, a última gota de santidade no meu sangue. Agora eu estava consciente da realidade, da verdade. Agora eu sabia o que queria. Agora não havia mais espaço para ilusões. Ser uma prostituta de sucesso era melhor do que ser uma santa iludida. Todas as mulheres são vítimas de embuste. Os homens enganam as mulheres e as punem por terem sido enganadas, forçam-nas a se degradar e as punem por chegarem tão baixo, prendem-nas ao casamento e então as castigam por toda a vida com serviços humilhantes, insultos e surras.

Agora eu percebia que, de todas as mulheres, as prostitutas eram as menos iludidas. Que o casamento era um sistema que representava o mais cruel sofrimento para mulheres.

ERA MEIA-NOITE, E AS RUAS ESTAVAM SILENCIOSAS. UMA leve brisa vinha do Nilo, num suave movimento. Eu caminhei ao longo do rio, desfrutando da paz da noite. Já não sentia nenhuma dor. Tudo a minha volta parecia me encher de tranquilidade. A brisa suave acariciando o meu rosto, as ruas vazias e as fileiras de janelas e portas fechadas, a sensação de ser rejeitada pelas pessoas e, ao mesmo tempo, de ser capaz de rejeitá-las, o distanciamento em face de tudo, até mesmo da terra, do céu e das estrelas. Eu era como uma mulher caminhando num mundo encantado ao qual ela não pertencia. Ela é livre para fazer o que quer, e livre para não fazer. Ela vive o raro prazer de não ter compromisso com ninguém, de ter rompido com tudo, de ter cortado todas as relações com o mundo em torno dela, de ser completamente independente e de viver a sua independência completamente, de desfrutar da liberdade de não se sujeitar a um homem, a um casamento ou ao amor; de ter se divorciado de todas as limitações fundamentadas em regras e leis, no tempo, ou no universo. Se o primeiro homem que aparece não a quiser, ela sabe que outro virá, ou outro depois desse. Não precisa ficar esperando por um homem apenas. Não precisa ficar infeliz quando ele não aparece, nem alimentar expectativas e então sofrer quando essas expectativas caem por terra. Ela não espera mais por nada, nem deseja nada. Ela não teme mais coisa nenhuma, porque tudo o que poderia feri-la já a feriu.

ABRI BEM OS BRAÇOS PARA ABRAÇAR A NOITE, E COMECEI a cantarolar baixinho uma música que me lembrava vagamente de já ter ouvido antes:

> *Eu não espero nada*
> *Eu não quero nada*
> *Eu não tenho medo de nada*
> *Eu sou livre.*

Um magnífico carro de cabine estendida estacionou diante de mim. Quando o homem olhou pela janela, eu ri. Na confortável e macia cama, eu me virei de um lado para outro, mas não fiz nenhum esforço, não experimentei nenhum prazer nem dor. Enquanto eu me virava na cama, um pensamento me ocorreu. Homens revolucionários dotados de princípios não eram realmente diferentes do resto dos homens. Eles usavam a sua perspicácia para obter, em troca de princípios, o que outros homens compravam com o seu dinheiro. A revolução para eles é como o sexo para nós. É algo para ser usado. Algo para ser vendido.

EU ENCONTREI IBRAHIM POR ACASO QUATRO ANOS DEPOIS que ele se casou. Ele queria que eu o deixasse ir ao meu apartamento. Eu ainda não havia superado o meu amor por ele, por isso recusei. Não iria me deitar com ele como prostituta. Vários anos depois disso, porém, eu cedi diante da insistência dele e permiti que fosse até a minha casa. Quando estava se preparando para ir embora, Ibrahim não fez nenhum gesto que mostrasse que pretendia me pagar.

— Está se esquecendo de me pagar — eu avisei.

Com dedos trêmulos, ele pegou uma nota de dez libras da sua carteira e me deu o dinheiro.

— Eu não cobro menos do que vinte libras — expliquei, e acrescentei: — Às vezes cobro até mais.

A mão dele começou a tremer novamente enquanto ele retirava outra nota de dez libras de dentro da sua carteira. Percebi que na verdade ele não tinha se apaixonado por mim. Ele só me procurava todas as noites porque não precisava pagar.

EU TOMEI CONSCIÊNCIA DO FATO DE QUE ODIAVA OS HOmens, mas por longos anos mantive esse segredo cuidadosamente escondido. Os homens que eu mais odiava eram aqueles que tentavam me dar conselhos, ou diziam que queriam me resgatar da vida que eu levava. Eu costumava odiá-los mais do que aos outros porque eles pensavam que eram melhores que eu, e que podiam me ajudar a mudar de vida. Eles se enxergavam como algum tipo de heróis magnânimos — um papel que não fizeram nenhuma questão de desempenhar em outras circunstâncias. Queriam se sentir nobres e superiores lembrando-me do fato de que eu estava em situação de inferioridade. Eles diziam a si mesmos: "Vejam só que pessoa maravilhosa eu sou. Estou tentando tirar essa puta da lama antes que seja tarde demais."

Eu me recusava a dar a eles a chance de desempenhar esse papel. Nenhum deles estava por perto para me resgatar quando eu me casei com um homem que batia em mim e me maltratava todos os dias. E nenhum deles apareceu para me ajudar quando o meu coração ficou em pedaços porque tive o atrevimento de me apaixonar. A vida de uma mulher é sempre miserável. A de uma prostituta, contudo, é um pouco melhor. Eu fui capaz de convencer a mim mesma de que havia escolhido essa vida por minha própria vontade. Eu rejeitava os nobres esforços daqueles que tentavam me salvar, e insistia em ser uma prostituta. Essa era a prova de que eu havia feito a minha escolha e de que eu tinha alguma liberdade, pelo menos a liberdade de viver numa situação melhor que a das outras mulheres.

UMA PROSTITUTA SEMPRE DIZ SIM, E ENTÃO DÁ O SEU PREço. Ela deixa de ser uma prostituta quando diz não. Eu não era uma prostituta na acepção plena da palavra. Por isso, de tempos em tempos eu dizia não. Em consequência disso o meu preço continuou subindo. Um homem não consegue suportar quando é rejeitado por uma mulher, porque bem lá no fundo ele se sente rejeitado por si mesmo. Ninguém pode suportar essa dupla rejeição. Por isso, sempre que eu dizia não, o homem acabava insistindo. Por mais alto que fosse o preço que eu estipulava, ele pagava, porque não aceitaria ser rejeitado por uma mulher.

Eu me tornei uma prostituta muito bem-sucedida. O meu preço era altíssimo, e ainda assim homens importantes competiam para obter os meus favores. Certa vez uma personalidade muito importante de um outro país ouviu falar de mim. Deu um jeito de pesquisar sobre mim sem que eu percebesse. Imediatamente depois ele mandou me chamar, mas eu me recusei a ir encontrá-lo. Eu sabia que políticos de sucesso não conseguiam aceitar uma derrota diante de outras pessoas, provavelmente porque sempre carregavam a derrota dentro de si mesmos. O ser humano não é capaz de lidar com uma dupla derrota. Isso pode explicar por que estão sempre tentando subir ao poder. Ter poder sobre outras pessoas lhes confere um sentimento de supremacia. E isso os faz sentir vitoriosos, afastando-os da derrota. Assim, ocultam o fato de que são essencialmente vazios por dentro, apesar da impressão de grandeza que tentam causar nos outros ao seu redor, a única coisa que importa para eles.

A minha recusa aumentou ainda mais a determinação dele de alcançar uma vitória sobre mim. Todos os dias ele enviava até mim um homem da polícia, e esse homem sempre tentava uma abordagem diferente. Mas eu continuava a me recusar. Uma vez ele me ofereceu dinheiro. Em outra ocasião me ameaçou com a prisão. Numa terceira tentativa, ele me explicou que recusar um chefe de estado era uma atitude que poderia ser interpretada como um insulto a um homem poderoso e causar um estremecimento nas relações entre os dois países. E acrescentou que se eu amasse de fato o meu país, se fosse patriota, eu iria imediatamente me encontrar com ele. Então respondi ao homem da polícia que patriotismo não significava nada para mim, e que o meu país jamais havia me dado nada. Pelo contrário, havia tirado de mim tudo o que eu possuía, incluindo a minha honra e a minha dignidade. Fiquei surpresa ao ver que o homem da polícia me olhava como se os seus princípios morais tivessem sido duramente abalados pelas minhas palavras. Que tipo de pessoa seria capaz de negar seus sentimentos patrióticos? Tive vontade de rir até explodir diante da postura ridícula dele, do paradoxo que ele personificava, dos seus padrões morais dúbios. Ele queria levar uma prostituta para a cama daquela autoridade importante, como um cafetão qualquer faria, e ainda tinha a coragem de inflar o peito para falar em patriotismo e em princípios morais. Mas eu percebi que o policial estava apenas seguindo ordens, e que qualquer ordem dada a ele era elevada à categoria de dever sagrado. Para ele seria a mesma coisa levar-me para a cadeia ou para a cama de um homem importante. Em ambos os casos ele estaria cumprindo um dever sagrado em nome da pátria. Quando se tratava de cumprir um dever pela pátria, uma prostituta poderia ser agraciada com as mais altas honras, e assassinato poderia se transformar em ato de heroísmo.

Eu me recusava a entreter homens desse tipo. Meu corpo era somente meu, de minha propriedade, mas o nosso país era deles. Certa vez eles me puseram na cadeia porque eu recusei os convites de um desses homens poderosos. Então contratei um grande advogado, por uma grande soma de dinheiro.

Não demorou para que eu saísse de trás das grades, livre de acusações. A corte decidiu que eu era uma mulher respeitável. Isso me ensinou que uma pessoa precisa ter muito dinheiro para preservar a sua honra, mas me ensinou também que não se pode obter uma grande quantidade de dinheiro sem abrir mão da honra. Um círculo infernal girando sem parar, e me arrastando para cima e para baixo com ele.

APESAR DE TUDO, EU NÃO TINHA A MENOR DÚVIDA A RES-peito da minha integridade e da minha honra como mulher. Eu sabia que a minha profissão tinha sido inventada por homens, e que os homens controlavam os nossos dois mundos, este da terra e o outro no céu. Sabia que os homens forçavam as mulheres a venderem seus corpos por um preço, e que o corpo de valor mais baixo era o da esposa. Todas as mulheres são prostitutas de um tipo ou de outro. Eu era inteligente, e por isso preferi ser uma prostituta livre em vez de ser uma esposa escravizada. Eu cobrava sempre um alto preço para permitir que desfrutassem do meu corpo. Podia empregar quantos criados eu quisesse para lavar minhas roupas e limpar os meus sapatos, contratar os mais caros advogados para defender a minha honra, pagar um médico para fazer um aborto, pagar um jornalista para publicar nos jornais a minha fotografia e um texto a meu respeito. Todos têm um preço, e existe um salário para cada profissão. Quanto mais respeitável a profissão, maior o salário; e o preço de uma pessoa sobe à medida que ela galga os degraus da escada social. Certa vez doei dinheiro a uma instituição de caridade, e os jornais publicaram fotografias minhas e me elogiaram por ser uma cidadã exemplar e pelo meu senso de responsabilidade cívica. Desse momento em diante, sempre que desejava mais uma dose de honra ou fama eu só precisava sacar algum dinheiro do banco.

Os narizes dos homens, porém, têm um dom especial para farejar dinheiro. Um homem me procurou, em certa ocasião, e me pediu em casamento. Eu recusei o pedido. As marcas da sola do sapato do meu marido ainda estavam estampadas no meu corpo. Então outro homem apareceu na minha vida em busca de amor, mas eu o recusei também. No meu íntimo, bem lá no fundo, eu ainda carregava vestígios da velha dor.

Eu pensei que tivesse escapado dos homens, mas fui procurada por um homem que praticava uma profissão bem antiga no mundo masculino: era um cafetão. Achei que pudesse comprá-lo com algum dinheiro, assim como eu fazia com a polícia. Mas ele recusou e insistiu em compartilhar os meus ganhos.

— Todas as prostitutas têm um cafetão para protegê-las dos outros cafetões, e da polícia — ele disse. — E isso é o que eu vou lhe dar.

— Mas eu posso proteger a mim mesma — respondi.

— Não existe mulher no mundo que possa proteger a si mesma.

— Eu não quero a sua proteção.

— Você não pode ficar sem proteção, ou a profissão exercida por maridos e cafetões acabaria morrendo.

— As suas ameaças não me assustam.

— Mas eu não estou ameaçando você. Só estou lhe dando um pequeno conselho.

— E se eu não aceitar o seu conselho?

— Nesse caso eu posso ser obrigado a ameaçá-la.

— E como você pretende me ameaçar?

— Eu tenho a minha própria maneira de fazer as coisas. Uso os instrumentos necessários para o meu trabalho.

Recorri à polícia, apenas para descobrir que ele tinha relações melhores do que as minhas. Então recorri a procedimentos legais. E descobri que a lei pune mulheres como eu, mas faz vista grossa para homens como ele.

E esse homem, esse cafetão que se chamava Marzouk, observava-me à distância e ria com grande prazer enquanto eu lutava em vão para encontrar uma maneira de me proteger dele. Um dia, Marzouk me viu entrando em minha casa e me seguiu. Tentei fechar a porta na cara dele, mas ele puxou uma faca e me fez ameaças, forçando sua entrada.

— O que é que você quer de mim? — perguntei.

— Só quero proteger você de outros homens — ele respondeu.

— O único homem que está me ameaçando é você.

— Pois se não fosse eu seria outro. Há cafetões circulando por toda parte. Se quiser que me case com você, estou plenamente disposto a fazer isso.

— Não vejo a menor necessidade de nos casarmos. Já basta ter que dar o meu dinheiro a você. Não pretendo dar o meu corpo também.

— Trabalho é trabalho. Corpos de mulheres são o meu ganha-pão, e eu não misturo negócios com prazer — ele disse, assumindo ares de homem de negócios. — Trabalho é uma coisa, amor é outra.

— Sabe alguma coisa sobre o amor?

— E existe alguém que não saiba o que é o amor? Você já não se apaixonou uma ou outra vez na vida?

— Já, sim.

— E agora?

— Está terminado — respondi. — Não restou nada. E você?
— Para mim não acabou.
— Coitado. Você deve ser tão infeliz.
— Tentei esquecer, mas não consegui.
— É um homem ou uma mulher? Cafetões costumam preferir homens.
— É uma mulher.
— Você a sustenta?
— Dou tudo o que posso para aquela mulher. Meu dinheiro, meu corpo, minha mente, minha energia. Todo o meu ser. Dou tudo, e mesmo assim sinto que ela não está satisfeita, que está apaixonada por outro homem.
— Pobre de você.
— Todas as pessoas agem da mesma forma quando se trata de amor. — Ele olhou direto nos meus olhos antes de continuar: — Você está se enganando. Posso ver nos seus olhos que o amor roubou a luz do seu espírito.
— O amor faz os olhos brilharem, não rouba o seu brilho.
— Pobrezinha. Você nunca soube realmente o que é estar apaixonada. Mas eu vou lhe mostrar.

Ele tentou me puxar para perto dele, mas eu lhe dei um empurrão.

— Eu não misturo trabalho com amor — avisei.
— E quem falou em amor? É apenas parte do trabalho.
— Impossível.
— Para mim a palavra impossível não existe.

Ele fechou os braços em torno de mim num forte aperto. Senti a pressão familiar contra o meu peito, mas o meu corpo se desligou, transformando-se numa coisa sem vida, totalmente passiva, recusando-se a se render, a ser dominado. Sua passividade era uma forma de resistência, uma estranha capacidade de não sentir nem prazer nem dor, de não mover um músculo, nem sequer um fio de cabelo.

ENTÃO ELE PASSOU A FICAR COM UMA PARTE DE TUDO O que eu ganhava. Na verdade ele confiscava para si a maior parte dos meus ganhos. Mas sempre que ele tentava se aproximar de mim eu o repelia, e dizia:

— Impossível. É inútil tentar.

Então ele batia em mim. E enquanto me golpeava, ele repetia a mesma frase:

— Essa palavra não existe para mim.

Eu descobri que ele era um cafetão perigoso que controlava várias prostitutas, e eu era uma delas. Marzouk tinha amigos em todos os lugares, em várias profissões, com os quais gastava seu dinheiro generosamente. Ele tinha um amigo médico a quem recorria quando uma de suas prostitutas engravidava e precisava de um aborto. Um amigo na polícia que o protegia de assaltos e de ataques. Um amigo nos tribunais que usava seu conhecimento de leis e sua posição para manter Marzouk longe de problemas e para mandar soltar suas prostitutas quando eram presas, a fim de que não ficassem muito tempo sem ganhar dinheiro.

Percebi que eu estava bem longe de ser livre como eu imaginara que poderia ser um dia. Eu não passava de uma máquina feita de corpo que trabalhava dia e noite para que diversos homens pertencentes a diferentes profissões pudessem se tornar cada vez mais ricos à minha custa. Eu não era mais nem a dona da casa pela qual eu havia pago com meus esforços e o meu suor. Até que disse a mim mesma: "Não posso mais viver assim."

Coloquei meus documentos numa pequena maleta e me preparei para sair, mas de repente ele apareceu e se postou de pé diante de mim.

— Pretende ir a algum lugar? — ele perguntou.

— Vou procurar algum emprego. Ainda tenho o meu certificado de conclusão do ensino secundário.

— E quem disse que você precisa de outro trabalho?

— Quero escolher o trabalho que vou fazer.

— Quem disse que alguém nesse mundo pode escolher o trabalho que quer fazer?

— Eu não quero ser escrava de ninguém.

— E quem no mundo não é escravo de alguém? Há apenas dois tipos de pessoas, Firdaus: senhores e escravos.

— Nesse caso eu quero ser um dos senhores, não um dos escravos.

— Como você pode ser um dos senhores? Uma mulher sozinha no mundo não pode ser um senhor, principalmente se essa mulher é uma prostituta. Percebe que é impossível alcançar isso?

— A palavra impossível não existe para mim — retruquei.

Tentei sair pela porta rapidamente, mas ele me puxou para dentro e a fechou.

— Eu estou de partida — avisei, olhando bem nos olhos dele.

Marzouk não desviou o olhar.

— Você jamais irá embora daqui — ele respondeu.

Continuei a olhá-lo direto nos olhos, sem piscar. Eu sabia que o odiava como só uma mulher pode odiar um homem, como só um escravo pode odiar o seu senhor. Pela expressão nos olhos dele, vi que ele me temia como só um senhor pode temer o seu escravo, como só um homem pode temer uma mulher. Mas isso durou apenas um instante. Logo estava de volta a expressão arrogante do senhor, o olhar agressivo do homem que não tem medo de nada. Agarrei o trinco da porta para abri-la, mas Marzouk levantou o braço no ar e me esbofeteou. Então eu levantei o meu braço ainda mais alto, num ímpeto de fúria, e desferi um violento golpe no rosto dele. A região branca dos olhos dele ficou vermelha. Sua mão começou a tatear a calça em busca da faca que ele levava no bolso, mas eu fui mais rápida que ele. Peguei a faca e a enfiei no pescoço de Marzouk, bem fundo. Então puxei-a para fora do pescoço e a enterrei no peito dele, arranquei-a do peito e o esfaqueei com força na barriga. Eu enfiei a faca em quase todas as partes do corpo dele. Fiquei abismada ao perceber como a minha mão se movia com facilidade enquanto eu dava estocadas profundas na carne dele e puxava a faca para fora sem fazer esforço. A minha surpresa foi enorme, já que eu nunca havia feito aquilo antes. Uma pergunta passou pela minha cabeça: por que motivo eu nunca havia esfaqueado um homem antes? Eu percebi que sentia medo, e que o medo me acompanhava todo o tempo, até o breve momento em que eu vi o medo nos olhos dele.

ABRI A PORTA E DESCI AS ESCADAS ATÉ A RUA. MEU CORPO parecia leve como uma pluma, como se o seu peso fosse constituído apenas do acúmulo de medo ao longo dos anos. A noite estava silenciosa, a escuridão me encheu de admiração, como se a luz tivesse sido apenas uma sucessão de ilusões caindo uma após a outra como véus diante dos meus olhos. Havia no Nilo alguma coisa quase mágica. O ar estava fresco, revigorante. Caminhei pelas ruas com a cabeça erguida, apontada para o céu, orgulhosa por ter destruído todas as máscaras e revelado o que se escondia por trás delas. Meus passos quebravam o silêncio com suas batidas constantes e ritmadas sobre o pavimento. Não eram passos rápidos, como se eu estivesse com medo de algo e fugindo apressada, nem eram passos lentos. Eram passos de uma mulher que acreditava em si mesma, que sabia aonde ia, e sabia onde queria chegar. Eram passos de uma mulher que usava sapatos caros de couro, com saltos bem altos. Seus pés arqueavam-se numa curva feminina, e suas pernas bem torneadas e firmes, de pele aveludada, não tinham um único pelo.

As pessoas teriam dificuldade em me reconhecer. Eu podia ser confundida com uma sofisticada e respeitada mulher da alta sociedade. Meu cabelo tinha passado pelas mãos de um cabeleireiro que atendia apenas pessoas ricas. Meus lábios estavam pintados na cor natural preferida pelas mulheres respeitáveis, uma cor que não escondia completamente a sensualidade deles, tampouco a expunha completamente. As linhas impecáveis feitas com lápis no contorno dos meus olhos sugeriam a combinação perfeita entre o apelo sedutor e a recusa provocativa. Eu tinha a aparência de esposa de um rico funcionário de alto escalão do governo. Mas meus passos firmes e confiantes ressoando no chão mostravam que eu não era esposa de ninguém.

Passei por vários homens que trabalhavam na polícia, mas nenhum deles percebeu quem eu era. Talvez pensassem que eu fosse uma princesa, ou uma rainha, ou uma deusa. Pois quem mais manteria a cabeça tão erguida ao caminhar? E quem mais faria seus passos ecoarem dessa maneira tão sólida? Eles ficaram me observando enquanto eu passava, e eu continuei mantendo a cabeça bem erguida, desafiando os seus olhares lascivos. Segui em frente, totalmente indiferente, com passos firmes e constantes. Porque eu sabia que eles esperavam que uma mulher como eu tropeçasse e caísse, para que pudessem se atirar sobre ela como aves de rapina.

Na curva da rua, avistei um carro magnífico, e a cabeça de um homem projetando-se para fora da janela, com a boca aberta e uma expressão de pasmo. Ele abriu a porta do carro e disse:

— Venha comigo.

— Não — respondi, e parei de andar.

— Posso pagar qualquer valor que me pedir.

— Não — eu repeti.

— Acredite em mim, eu lhe pagarei o dinheiro que você quiser.

— Meu preço é alto demais, você não poderia pagar.

— Nenhum preço é alto demais para mim. Sou um príncipe árabe.

— E eu sou uma princesa.

— Eu lhe pagarei mil libras.

— Não.

— Duas mil, então.

Olhei bem no fundo dos olhos dele. Vi que devia mesmo ser um príncipe, ou pertencer a uma família de governantes, pois o medo se ocultava naqueles olhos.

— Três mil — eu disse — eu aceito.

Na voluptuosa e macia cama, eu fechei os olhos e deixei que meu corpo se distanciasse de mim. Meu corpo ainda era jovem e vigoroso, poderoso o suficiente para resistir. Senti o corpo do homem deitando-se sobre o meu, com todo o peso dos incontáveis anos da sua vida, cheio de suor estagnado. Um corpo inchado, recheado de carne acumulada após anos de comilança desenfreada, muito além das suas necessidades. A cada movimento que fazia ele repetia a mesma pergunta estúpida:

— Você está gostando?

Eu fechava os olhos e respondia:

— Sim.

A todo instante ele ficava eufórico como um bobo alegre, e repetia a sua pergunta com a respiração ofegante, e eu sempre lhe dava a mesma resposta: "sim".

Com o passar do tempo a imbecilidade dele crescia mais, junto com a sua certeza de que as minhas repetidas respostas afirmativas eram verdadeiras. Sempre que eu dizia "sim" ele sorria para mim como um idiota, e em seguida eu sentia o seu corpo movendo-se sobre o meu com mais intensidade do que antes. Eu já não conseguia suportar mais, e quando ele se preparava para repetir a mesma pergunta estúpida novamente, eu gritei, furiosa:

— Não!

Quando o homem estendeu a mão para me dar o dinheiro, eu continuava terrivelmente zangada com ele. Arranquei as notas da mão dele e as rasguei em pedacinhos, liberando toda a fúria reprimida que havia em mim.

A sensação das notas entre os meus dedos foi a mesma que experimentei quando segurei uma moeda pela primeira vez na minha vida. O movimento que as minhas mãos faziam enquanto eu rasgava o dinheiro acabou rasgando o véu, o último véu, o que ainda permanecia na frente dos meus olhos, e revelou inteiramente o enigma que me intrigou durante toda a minha existência, o verdadeiro enigma da minha vida. Eu me reencontrei com a verdade que já havia descoberto muitos anos atrás, quando o meu pai estendeu a mão para mim com a primeira moeda que me deu na vida. Voltei a olhar para o dinheiro na minha mão e, com fúria redobrada, rasguei em pedaços as notas que restavam. Era como se eu estivesse destruindo todo o dinheiro que já havia passado pelas minhas mãos. A moeda do meu pai, a moeda do meu tio, todas as moedas com as quais já tive contato. E ao mesmo tempo destruindo todos os homens com os quais já tive contato, um após o outro: meu tio, meu marido, meu pai, Marzouk e Bayoumi, Di'aa, Ibrahim, rasgando-os todos em pedaços um a um. Livrando-me deles de uma vez por todas, removendo cada minúsculo traço que as suas moedas haviam deixado em meus dedos. Arrancando até a carne dos meus dedos para não deixar nada além de ossos, a fim de garantir que nem um único vestígio desses homens permanecesse em mim.

Os olhos do príncipe se arregalaram de espanto quando ele me viu rasgando todo o maço de notas.

— Você é realmente uma princesa — ele disse. — Eu devia ter percebido isso desde o início.

— Eu não sou uma princesa — respondi com raiva.

— No começo eu pensei que você fosse uma prostituta.

— Eu não sou uma prostituta. Mas desde que eu era muito nova, o meu pai, meu tio, meu marido, todos eles me prepararam para que eu me tornasse uma prostituta.

O príncipe riu, olhando para mim com curiosidade.

— Você não está dizendo a verdade — ele comentou. — Só preciso olhar para o seu rosto para saber que você é a filha de um rei.

— Meu pai não era diferente de um rei, exceto por uma coisa.

— Que coisa?

— Ele nunca me ensinou a matar. Deixou que eu aprendesse isso sozinha, que a própria vida me ensinasse.

— Então a vida a ensinou a matar?

— Claro que me ensinou.

— Está querendo dizer que já matou alguém?

— Sim, já matei.

Ele me olhou com atenção por um breve momento, riu e depois disse:

— Não posso acreditar que alguém como você seja capaz de matar.

— Por que não?

— Porque você é gentil demais.

— E quem disse que não é preciso ser gentil para matar?

Ele voltou a me olhar atentamente, riu de novo e retrucou:

— Eu não acredito que você seja capaz de matar coisa alguma, nem mesmo um mosquito.

— Eu não mataria um mosquito, mas posso matar um homem.

O príncipe olhou para mim mais uma vez, mas dessa vez desviou o olhar rapidamente.

— Não acredito que você possa — ele disse.

— Como posso convencê-lo de que o que eu digo é verdade?

— Eu realmente não vejo como poderia fazer isso.

Nesse momento eu ergui a mão acima da minha cabeça e desferi um violento tapa no rosto dele.

— Agora você acredita que eu posso lhe dar um tapa. Enfiar uma faca no seu pescoço é igualmente fácil, e requer exatamente o mesmo movimento.

Dessa vez ele me fitou com os olhos cheios de medo.

— Talvez agora você acredite que eu sou perfeitamente capaz de matá-lo, porque você não é melhor do que um inseto — eu disse. — Você é um imprestável que gasta com prostitutas todo o dinheiro que toma do povo faminto.

Antes que eu tivesse tempo de erguer a mão no ar para golpeá-lo mais uma vez, ele entrou em pânico e começou a gritar como uma mulher em perigo. E não parou de gritar até que a polícia apareceu.

— Não deixem que ela escape — ele disse aos policiais.
— Ela é uma criminosa, uma assassina.
— Isso é verdade? — um policial me perguntou.
— Eu sou uma assassina, mas não cometi nenhum crime. Como você, eu mato apenas criminosos.
— Mas ele é um príncipe, e um herói. Não é um criminoso.
— Para mim os feitos dos reis e dos príncipes não passam de crimes, pois eu não vejo as coisas da mesma maneira que você vê.
— Você é uma criminosa — o policial me disse. — E a sua mãe é uma criminosa.
— Minha mãe não é uma criminosa. Nenhuma mulher pode ser criminosa. Para ser um criminoso é preciso ser um homem.
— Como é? Do que é que você está falando, afinal?
— Estou dizendo que vocês são criminosos, todos vocês: pais, tios, maridos, cafetões, advogados, médicos, jornalistas, e todos os homens de todas as profissões.
— Você é uma mulher violenta e perigosa — disse um deles.
— Eu estou falando a verdade. E a verdade é violenta e perigosa.

ELES COLOCARAM ALGEMAS NOS MEUS PULSOS E ME LE-varam para a cadeia. Na prisão eles me mantiveram num recinto em que as janelas e as portas sempre ficavam fechadas. Eu sei por que eles me temem tanto. Eu fui a única mulher que arrancou a máscara, e eu expus a face da feia realidade deles. Eles me condenaram à morte não porque matei um homem — milhares de pessoas são mortas todos os dias —, mas porque eles têm medo de me deixar viver. Eles sabem que não estarão seguros enquanto eu estiver viva, pois eu irei matá-los. Se eu viver, eles morrerão. Se eu morrer, porém, eles viverão. E eles querem viver. E viver para eles significa cometer mais crimes, mais roubo, e pôr as mãos numa fortuna infinita. Eu triunfei sobre a vida e sobre a morte porque não desejo mais viver, e já não tenho mais nenhum medo da morte. Eu não desejo nada. Eu não espero nada. Eu não temo nada. Portanto, estou livre. Porque durante a vida o que nos escraviza são nossos desejos, nossas esperanças, nossos medos. A liberdade da qual eu desfruto enche-os de ódio. Eles adorariam descobrir que existe, afinal de contas, alguma coisa que eu deseje, ou que eu tema, ou que eu espere. Assim eles saberiam como me escravizar mais uma vez. Algum tempo atrás, um deles veio até mim e disse:

— Existe uma chance de que a libertem se você enviar um apelo ao presidente pedindo-lhe perdão pelo crime que você cometeu.

— Mas eu não quero ser libertada — respondi. — E não quero perdão pelo meu crime. Porque o que você chama de meu crime não foi crime.

— Você matou um homem.

— Se me soltarem e eu voltar novamente para a vida de vocês, eu jamais vou parar de matar. Então que sentido faz enviar um apelo ao presidente para que me perdoe?

— Você é uma criminosa. Merece morrer.

— Todos vão morrer um dia. Eu prefiro morrer por um crime que eu cometi do que morrer por um dos crimes que vocês cometeram.

AGORA ESTOU ESPERANDO POR ELES. DAQUI A POUCO ELES virão para me levar. Amanhã de manhã não estarei mais aqui. Eu estarei em um lugar que ninguém conhece. Essa jornada rumo a um destino ignorado, a um lugar completamente desconhecido por todos os que vivem nessa terra — sejam eles reis ou príncipes, ou governantes — enche-me de orgulho. Durante a vida inteira eu busquei algo que pudesse me encher de orgulho, algo que me fizesse andar de cabeça erguida, mais erguida do que a cabeça de qualquer outra pessoa, principalmente reis, príncipes e governantes. Sempre que eu tinha nas mãos um jornal com a foto de algum deles, eu cuspia em cima. Sabia que estava apenas cuspindo numa folha de jornal, que eu poderia precisar para cobrir as estantes da minha cozinha. Fosse como fosse, eu cuspia e depois deixava secar o cuspe. Se alguma pessoa me visse cuspindo na fotografia, poderia pensar que eu conhecia pessoalmente o homem cujo rosto eu estava alvejando. Mas na verdade eu não conhecia. Pois no final das contas, sou apenas uma mulher. E uma mulher, não importa quem ela seja, não pode conhecer todos os homens que têm suas fotografias publicadas nos jornais. Isso não é possível, seja ela quem for. Sim, eu era uma prostituta próspera e requisitada, mas uma prostituta, por mais bem-sucedida e requisitada que seja, não pode conhecer todos os homens. Porém todos os homens que realmente conheci me deixaram muito tentada a erguer o braço acima da cabeça e lhes desferir um golpe bem forte no rosto. Ainda assim eu não tinha coragem de levantar o braço contra eles. O medo me fazia acreditar que esse movimento era muito difícil de realizar. Eu não sabia como superar esse medo, até o momento em que levantei a mão contra um homem pela primeira vez. O gesto de erguer a mão e depois deixá-la cair, esse movimento, eliminou o meu medo. Percebi que era um movimento fácil de executar, muito mais fácil do que eu havia imaginado. Agora a minha mão não era mais incapaz de se erguer bem alto para desabar com violência contra o rosto de qualquer um deles. O movimento da minha mão havia se tornado muito simples, e tudo o que estivesse na minha mão podia ser movido com naturalidade, mesmo que fosse uma faca afiada que eu usasse para trespassar o peito de alguém e depois puxasse de volta. A lâmina penetraria o corpo e sairia dele com a mesma facilidade com que o ar entra e sai dos pulmões. Eu estou dizendo a verdade agora sem nenhuma dificuldade. Porque a verdade é sempre fácil e simples. E nessa simplicidade reside um poder selvagem. Eu só tomei contato com as verdades primitivas e selvagens da vida após anos de luta. Pois é muito raro que as pessoas consigam em alguns poucos anos perceber as verdades da vida: simples, porém impressionantes e poderosas. E se uma pessoa alcança a verdade, isso significa que ela não sente mais medo da morte. Porque morte e verdade são similares em um aspecto: quem deseja confrontá-las necessita de grande coragem. E a verdade é como a morte, já que também mata. Quando matei, fiz isso com a verdade, não com uma faca. Por isso eles estão com medo e não veem a hora de me executar. Eles não temem a minha faca. O que os amedronta é a minha verdade. Essa verdade terrível me confere grande força. Ela me afasta do medo da morte, da vida, da forme, da nudez, da destruição. Graças a essa verdade terrível eu não temo a brutalidade dos governantes e dos policiais.

    Eu não penso duas vezes para cuspir nos seus rostos, nas suas palavras mentirosas, e nos seus jornais mentirosos.

A VOZ DE FIRDAUS SILENCIOU SUBITAMENTE, como uma voz que se ouve em um sonho. Movi o meu corpo como alguém que se move durante o sono. Debaixo de mim não havia uma cama, mas algo sólido como o chão, e frio como o chão. Porém essa frieza não atingia o meu corpo. Era o frio do mar dentro de um sonho. Eu nadava nas águas frias desse mar. Estava nua e não sabia nadar. Apesar disso eu não sentia frio nem me afogava. A voz de Firdaus agora havia silenciado, mas seu eco permanecia nos meus ouvidos, como um som fraco e distante. Como as vozes que escutamos em sonho. Elas parecem vir de longe embora surjam de perto, ou parecem estar próximas embora venham de longe. Na verdade não sabemos de onde elas surgem. Se vêm de cima ou vêm de baixo. Da nossa esquerda ou da direita. Nós podemos até pensar que elas emergem das profundezas da Terra, ou que vêm do alto dos telhados, ou que caem do céu. Ou elas podem até mesmo brotar de todas as direções, como o ar que se move livre pelo espaço e chega aos nossos ouvidos. Mas isso não era ar passando pelos meus ouvidos. A mulher sentada no chão à minha frente era uma mulher real. A voz que enchia os meus ouvidos, ecoando pela cela onde a janela e a porta estavam fortemente fechadas, era uma voz real. E sem dúvida eu estava acordada. Porque de súbito a porta se abriu, e por ela entraram vários policiais armados. Eles cercaram Firdaus, e eu ouvi um deles dizer:

— Vamos... A sua hora chegou.

Então eles a levaram embora da sua cela. E nunca mais voltei a vê-la. Mas a voz dela continua a ecoar nos meus ouvidos, vibrando dentro da minha cabeça, na cela, na prisão, nas ruas, no mundo inteiro. Transformando tudo, espalhando o medo por todos os lugares, o medo da verdade que mata, o poder da verdade, tão violento, simples e terrível quanto a morte, e mesmo assim tão simples e tão nobre quanto uma criança que ainda não aprendeu a mentir.

O mundo estava repleto de mentiras, e ela teve de pagar o preço por isso.

De cabeça baixa, entrei no meu carro. Havia um sentimento de vergonha dentro de mim. Vergonha de mim mesma, da minha vida, dos meus medos e das minhas mentiras. As ruas estavam cheias de pessoas apressadas e agitadas, de jornais pendurados em bancas de madeira, exibindo suas manchetes em letras garrafais. A cada passo que eu dava, onde quer que eu fosse, eu podia ver as mentiras, testemunhar o triunfo da hipocrisia. Eu afundava o pé no acelerador como se tivesse pressa para atropelar o mundo e acabar com ele. No instante seguinte, porém, levantei rapidamente o pé e freei de modo brusco, e o carro parou de repente.

E nesse momento percebi que Firdaus tinha mais coragem do que eu.

ASSINE NOSSA NEWSLETTER E RECEBA INFORMAÇÕES DE TODOS OS LANÇAMENTOS

www.faroeditorial.com.br